ANTONIO
VÁSQUEZ
AUSÊNCIO

NARRATIVA

El Premio Bellas Artes Juan Rulfo para Primera Novela 2017 fue otorgado por la Secretaría de Cultura, a través del Instituto Nacional de Bellas Artes y Literatura, el Gobierno del Estado de Tlaxcala, por medio del Instituto Tlaxcalteca de la Cultura, y el Gobierno del Estado de Puebla, mediante la Secretaría de Cultura y Turismo. El jurado estuvo integrado por Bibiana Camacho, Jaime Mesa y David Miklos.

Esta obra se editó con el apoyo de la Secretaría de Cultura y Turismo del estado de Puebla y la Secretaría de Cultura

Derechos reservados
© 2018 Antonio Vásquez
© 2018 Almadía Ediciones S.A.P.I. de C.V.
    Avenida Patriotismo 165,
    Colonia Escandón II Sección,
    Delegación Miguel Hidalgo,
    Ciudad de México,
    C.P. 11800
    RFC: AED140909BPA
© Instituto Nacional de Bellas Artes y Literatura
    Av. Paseo de la Reforma y Campo Marte s/n
    Colonia Chapultepec Polanco
    Delegación Miguel Hidalgo, 11560, Ciudad de México
© Secretaría de Cultura y Turismo
    Av. de la Reforma 1305
    Centro, 72000
    Puebla, Puebla

www.almadia.com.mx
www.facebook.com/editorialalmadía
@Almadía_Edit

Primera edición: septiembre de 2018
ISBN Almadía: 978-607-8486-88-5
ISBN INBA: 978-607-605-548-9
ISBN SCTEP: 978-607-9390-11-2

Impreso y hecho en México.

ANTONIO VÁSQUEZ
AUSENCIO

A la luz que desoló mis noches

Aparece la luna como un gran ojo que se abre en el cielo. Su luz fantasmal cae con el aplomo de una mirada acusadora, y yo escondo la culpa que nace en mí mientras enterramos a Ausencio, mi padre. En mi mano tengo un puño de tierra que dejo caer sobre la tumba como si me desprendiera de un recuerdo. Entonces una voz me susurra: Ya vámonos... Es una voz que proviene de la lejanía, del mismo lugar de donde surge la música de banda y los lamentos. Cuántos lamentos, cuánta gente quiso a mi padre, lloran como se le llora a un hermano fallecido, pero en mí no hay más que silencio y culpa, la culpa de no llorar como los demás. Ya vámonos, vuelve a repetir la voz de mi madre, y yo, embriagado por el incienso y el mezcal que vierten los compañeros borrachos de mi padre sobre su tumba, abandono el panteón atravesándolo como se atraviesa un ensueño.

Al salir, mi cuerpo se torna pesado, aquejado de nuevo por la gravedad que dejé de sentir cuando entré en el panteón. A mi alrededor distingo tres sombras afligidas que caminan con las cabezas agachadas; la más cercana a mí tiene mi mano entre la suya: es Marcela. Ha llorado más que mi madre y mi hermana, ha llorado por mí. Quisiera decirle que no lo haga, que ni siquiera conoció a mi padre, pero en mi boca sólo anida una saliva espesa en la que se pierden las palabras.

A lo largo del camino, un viento pesado que desciende del cerro nos oprime; es un suspiro caluroso que inunda las calles del pueblo. Pasa a nuestro lado y se va por un callejón sombrío, ahí donde hallaron el cadáver de mi padre ahogado en su vómito. Marcela aprieta mi mano y me mira consternada, esperando alguna reacción. Miro impasible la pequeña veladora que brilla débilmente en el lugar donde falleció mi padre, como si mirara cualquier otra, y sigo a mi madre y mi hermana que han decidido irse por el camino largo a casa, evitando pasar por aquel callejón infame.

Cuando llegamos a nuestro hogar, mi familia entra primero. Me detengo en el umbral y veo los ojos de Marcela, cansados por la desvelada. Entonces se disipa la maraña del sueño en el que he estado sumergido desde la misa de difuntos.. Siento la aspereza de mis manos recubiertas por la tierra del panteón, huelo el perfume de Marcela y me tranquiliza saber que al menos no la he enterrado a ella. Le doy las gracias por habernos acompañado y le digo que será mejor que regrese a su casa y descanse; anoche se quedó con nosotros mientras velábamos al difunto. Marcela me abraza y puedo sentir las lágrimas que corren sobre su mejilla pegada a la mía, el ritmo de su respiración que sosiega, sus ganas de cuidarme. Abrazo largamente aquel cuerpo vivo, palpitante, el único cuerpo que deseo que permanezca con vida. Y la beso, conteniendo la necesidad de desmoronarme. Ella no quiere soltarme. Le tengo que asegurar que estaremos bien para que acepte irse.

En mi casa, el patio está repleto de mesas y sillas desordenadas, cartones de cerveza amontonados uno encima de otro y, en una esquina, una gran cazuela tiznada reposa sobre leña apagada. Los muros cubiertos de cal que rodean el patio se han ennegrecido, y aún persiste el olor a pólvora que dejaron las ruedas de cuetes al quemarse. Un desastre. Sólo me reconforta la calma y la soledad en la que ahora se encuentra mi hogar, aunque al rato llegarán las señoras que han venido a hacer guelaguetza y rezarán, con sus voces apagadas, el rosario todas las noches, y revestirán la cruz de cal con flores nuevas hasta que acabe el novenario, como si alguna vez nuestro padre le hubiera regalado flores a mamá, como si alguna vez de niños nos hubiera vestido y llevado a misa para rezar. Y luego tendremos que hacer el levantamiento de cruz al noveno día, regresar al panteón, revivirlo todo… Ni muerto nos dejará en paz.

Podríamos dejar sepultada la imagen de mi padre desde esta noche, sin tener que perturbar más la memoria, pero vienen personas ajenas a dar el pésame, personas extrañas que nunca he tratado y cuyas condolencias sólo logran irritarme, porque parece que conocieron mejor al hombre que para mí siempre fue un desconocido. Anoche, mientras velábamos al difunto en la capilla, sólo deseaba huir, levantarme y salir de aquel escenario funesto, decirle a Marcela que me llevara lejos del pueblo. Pero no pude, permanecí en la capilla asfixiante, atiborrada de señoras sollozantes y borrachos, mirando absorto el cuerpo inerte de mi padre acostado sobre la cruz de cal, con un ladrillo sobre su frente morada, tratando de alcanzar un recuerdo suyo que me provocara una lágrima.

¿Quién fue aquel hombre que ahora yace sepultado, el hombre cuya ausencia hace que bebamos en silencio el chocolate con agua que nos ha calentado mamá en la cocina? Mi hermana sumerge lentamente un trozo de pan de yema en su taza, ensimismada, mojándolo hasta que el pan se deshace en el chocolate. Trae los ojos hinchados por el llanto que se ha guardado; podría llorar más, pero no lo hace por consideración con mamá, quien termina de batir lo que resta del chocolate y se sirve una taza. Se le ve el cansancio que le han dejado sus años de matrimonio, el desencanto; apenas sorbe su chocolate y nos dice que está amargo. Nosotros sólo asentimos con la cabeza. Al acabar, mamá se pone a lavar los trastes. Le digo que deje que las señoras lo hagan mañana, pero ella insiste. Cuando estamos por subir a nuestras habitaciones, mi madre se detiene y nos dice: Ese hombre nunca fue un padre. Y nos abraza.

Entro a mi recámara sin encender las luces y me acuesto, agotado, sin desvestirme. No tardan en llegar las señoras del panteón; escucho desde la oscuridad de mi cuarto sus pasos, que resuenan dentro de la capilla; las palabras sagradas que pronuncian sus labios rajados; los misterios dolorosos del rosario que van acumulándose sobre mis párpados, cerrándolos... Pienso en el hombre al que le rezan, el que no fue un padre; me imagino su rostro que se fue demacrando con los años, el hedor de su boca, las dificultades con las que caminaba. Me pregunto cómo un hombre que vive con su familia puede acabar durmiendo en la calle, cómo uno puede emborracharse hasta morir. ¿Por qué? Llamo a mi padre por última vez, para preguntarle. No hay respuesta.

Silencio, las señoras abandonan la capilla; silencio, mi madre sube las escaleras; silencio, quedo suspendido en la nada. Un dolor punzante hace agujeros en mi interior, dejándome hueco. Y la noche se hace perpetua. Desearía que existiera una cura, una limpia, una pócima que pudiera lavarme el sabor amargo del luto. Desearía que amaneciera... Entonces escucho el eco de unos llantos que retumban como si provinieran de una profunda caverna, y que estremecen como los ventarrones que sacuden la alfalfa en el campo. Aguardo a que cesen, pero la agonía que traen consigo los llantos me hace insoportable la madrugada. De pronto se oyen unos pasos que provienen del callejón que hay debajo de mi balcón. Con cautela, me asomo a la ventana y recorro las cortinas: nada. Sólo veo el fulgor de la veladora que reposa en el lugar donde se ahogó mi padre.

Los llantos se apagan y regreso a mi cama. Trato de dormir, pero oscilo en un duermevela. Cuando estoy a punto de lograr el sueño profundo, vuelvo a despertarme y, con el cuerpo paralizado, un torbellino de sombras me devora. Una fuerza ignota desciende sobre mí, me aplasta y me estruja, es un peso como el de un muerto que me hunde en el fondo de la vorágine. En las tinieblas subterráneas escucho las últimas palabras de mi padre: Arturo, hijo, hijo mío, ayúdame...

Despierto con la frente empapada de sudor. Por la luz del sol que ilumina las cortinas adivino que es mediodía. Desde el patio llegan los rumores de las señoras que preparan el café de olla y los tamales envueltos en hojas de plátano para quienes vendrán hoy a rezar de nuevo, desde la agonía en el huerto hasta la crucifixión.

No asisto al novenario. A la hora de iniciar los rezos, deambulo por los alrededores de mi casa, con un cansancio que se ha acumulado en mis sueños pesados y que hace que despierte tarde y duerma temprano. En la calle es poca la gente que me reconoce, porque cuando vivía en el pueblo me la pasaba encerrado en mi cuarto. Aun así, la gente me da las buenas noches cuando pasa a mi lado, caminando por esas calles llenas de costras de tierra que al pisarlas liberan un polvo pesado que ni el viento se puede llevar. Antes, cuando recién había llegado a vivir al pueblo, la calle que pasa frente a mi casa se convertía en un torrente a causa de los aguaceros de verano; hoy no hay más que sequedad.

El bochorno no tarda en fatigarme, así que regreso a casa. A veces me topo con un borracho en harapos que va tambaleándose. Me pide que le preste unos pesitos. Al verle los ojos enrojecidos, tan familiares, me dan ganas de decirle que se vaya al carajo, de aventar unas monedas al suelo para que se agache y las recoja. Logro contenerme y le digo que no tengo dinero. Ya en mi casa, acostado en mi cama, oigo los misterios que rezan en la capilla y me arrepiento de no haberlo humillado.

El último día del novenario, después de mi paseo nocturno, vuelvo a entrar en la capilla. Mi madre, mi hermana y Marcela están sentadas juntas, frente a la cruz de cal que yace al pie del altar. Unos compadres de mi padre apagan las cinco veladoras colocadas sobre la cruz, luego recogen la cal donde reposó el difunto. Ahora hay que enterrar su sombra, dice un anciano que dirige el levantamiento. Las señoras que han estado rezando se levantan y salen de la capilla, dejando un sendero de pétalos que caen de sus ramos.

Salimos hacia el panteón, igual que hace nueve días. En la tumba de mi padre, sus compadres cavan un hueco en donde depositan la cal de la cruz. Ahora ya puede irse al otro mundo, dice el anciano. Espero que así sea, que esté satisfecho con estos nueve días que le hemos dedicado, que descienda o ascienda a donde tenga que ir. Que no regrese. En el nombre del Padre y del Hijo y del Espíritu Santo, murmuran todos. Amén.

Al día siguiente cumplo años. Por eso Marcela viene a verme con un semblante un poco más alegre que el aire taciturno que la ha rodeado últimamente; es como si quisiera sonreír pero le diera pena hacerlo. Caminamos por el parque del pueblo, sobre las hojas caídas de las bugambilia, bajo el sol de junio que tuesta nuestras pieles y hace que los arbustos se vean más vivos que de costumbre. Envuelvo su cintura con un brazo mientras mi otra mano sostiene el libro que me ha regalado; ella recarga la cabeza sobre mi hombro, mirando perdidamente hacia otro tiempo que ignoro, quizás hacia el pasado o el porvenir, nuestro porvenir.

Nos sentamos en los escalones del kiosco, mirando pasar a los turistas que han venido a ver al ahuehuete que deja caer su sombra sobre la iglesia. No había visto la iglesia desde el día del funeral. ¿No vas a abrir tu regalo?, me pregunta Marcela. Contemplo el bloque envuelto en papel china. Es un libro, ¿verdad?, le pregunto, y lo desenvuelvo. Extrañado, miro la Biblia que tengo entre mis manos. Era de mi abuela, me cuenta Marcela, me la regaló antes de fallecer. La abro y ojeo las páginas amarillentas, oliendo el aroma a libro viejo que desprenden. Gracias, le digo, pero no puedo aceptarlo, es tuyo. Ella niega con la cabeza y me dice que ahora es mío: El otro día recordaba las tardes después de catequesis, cuando comíamos helado afuera de la prepa, esperando a que pasaran nuestras mamás por nosotros. Recordaba cómo siempre estabas muy atento a lo que decía el catequista y me susurrabas tus dudas… ¿Sabes?, me tuviste muy preocupada en el novenario al ver que no bajabas. Arturo, cuéntame, ¿cómo has estado?

Miro la Biblia, sus bordes desgastados, y recuerdo los atardeceres anaranjados y cálidos, el helado que se derretía, escurriéndose lentamente sobre el barquillo, tan lento como el sol. No te preocupes, le digo a Marcela, no fue nada, sólo no quería estar rodeado de tanta gente. He estado mejor, un poco cansado, pero sólo es eso. ¿Y tu familia?, me pregunta. Mejor, aún está en duelo, por eso no haremos nada hoy. Miento. Pero si quieres, continúo, cenamos en la noche en el Centro. Ella dice que claro que sí y quedamos de vernos en la ciudad. Nos despedimos con un largo beso durante el cual no logro mantener los ojos cerrados: en uno de los jardines del parque, un niño vuela un papalote con la ayuda de su padre. Vuela alto el papalote, muy alto, y el hilo se escapa de las pequeñas manos del niño. Atónitos, padre e hijo miran el papalote convertirse en una mariposa que se pierde entre las nubes colosales flotando sobre el valle de Oaxaca. Nunca regresa. El niño, en lugar de entristecerse, ríe lleno de regocijo junto a su padre. A mí me gustaría volar uno así. Nunca volé un papalote de niño.

Al irse Marcela, camino hacia el restaurante que se encuentra enfrente del mercado donde venden artesanías zapotecas. Adentro, mi familia atiende el negocio. No hay muchos clientes comiendo; sin embargo, no es sino hasta que sale el último que mi familia comienza a preparar la mesa donde cenaremos. Tomo asiento en el lugar de en medio, frente al pastel. Es pequeño porque somos una familia pequeña: mamá, sus hermanos, su madre y su padre, y mi hermana. No se llevan con la familia de mi padre.

Durante la cena, mi familia platica sobre el entierro y el novenario; quién fue, quién dijo qué de nosotros…

Recuerdan el arranque de ira que tuvo la madre de mi padre: enrojecida, injuriaba a mamá, culpándola de la muerte de su hijo. Fuiste una mala esposa, le gritaba, lo dejaste abandonado. Mencionan cómo llegué y abracé a mamá, apartándola de esa señora a quien ni siquiera le dirigí la mirada. Mi abuela. De eso hablan mientras miro la Biblia que reposa al lado de mi plato. Pienso qué haré con ella. ¿De qué me sirve una Biblia? De nada, pero no importa, la conservaré porque Marcela me la ha regalado.

Sin hablar, termino de comer el mole negro que me sabe insípido. Mi tío se sirve otra copa de mezcal y me ofrece una. Le digo que no. No me gusta tomar. Al acabar todos los platillos partimos el pastel; es entonces cuando llega mi abuelo. Lo estaban esperando para poder darme mi abrazo. Nos levantamos y nos reunimos delante del altar que tiene una virgen de la Asunción y un san Antonio. Siguiendo la costumbre, mi abuelo dice algunas palabras: Felicidades, Arturo, sabes que te queremos y que todo el trabajo que hacemos es por ti y tu hermana. Cuídate y échale ganas al estudio. Ya ves que aquí siempre nos preocupamos por ti. Luego lame su pulgar y traza una cruz de saliva sobre mi frente. Enseguida, cada familiar pasa a darme un abrazo. Cuando le toca a mamá, siento una tristeza lacrimosa que me toma desprevenido. Logro apretar la quijada y tragarme el llanto.

Sin más que hacer, recogemos los platos sucios y los llevamos a la cocina. Mi familia retoma sus labores y yo le aviso a mamá que iré a la ciudad a ver a Marcela.

El aire del Centro es un poco más fresco que el de mi

pueblo. Hay más turistas en el andador que los que vimos en la tarde. Sobre el templo de Santo Domingo, al que ilumina un fulgor ámbar, como la luz que se escapa débilmente de los faroles, resplandece una luna blanca y cercenada. No le aviso a Marcela que he llegado; deambulo.

Camino por las calles verdes de cantera que conozco tan bien sin haberme aprendido sus nombres, bajo los balcones de casas pintadas de alegres colores y el cielo inacabable del valle, sin estrellas, que se llena de globos al llegar a la alameda frente a la catedral. De entre los portales del zócalo surge la música de las marimbas mientras busco un restaurante donde cenar con Marcela, aunque no tengo hambre; acabo de comer un mole insípido, un pastel insípido... Lo único que me apetece es dormir o seguir caminando.

Quisiera poder perderme en alguna calle, esfumarme al doblar una esquina, pero cuando estoy a una cuadra de la iglesia de la Soledad me entra el miedo. Delante de mí, cruzando la calle, ya se pueden ver las putas y los borrachos que las buscan. Una calle sórdida, peligrosa; entro a un bar buscando refugio. Adentro, el centelleo de las pequeñas veladoras que reposan sobre las mesas alumbra las vigas del techo. El bar no está lleno, aún es temprano; sólo hay algunas parejas que susurran entre sí. Con voz etérea, fantasmal, una mujer que está sentada en el escenario decorado con cortinas de terciopelo rojo, canta:

...Antenoche fui a tu casa,
tres golpes le di al candado,

tú no sirves para amores,
tienes el sueño pesado...

Tomo asiento en uno de los taburetes de la barra. Oprimo el tabique de mi nariz con los dedos, sin saber qué hacer; irme a casa, llamar a Marcela, regresar a la calle... De nuevo este extraño agotamiento, este sopor que no sé bien de dónde proviene. Una muchacha morena, que luce un huipil bordado con flores istmeñas, interrumpe mi adormecimiento y me pregunta qué deseo tomar. Sin ganas de nada, le pido una cerveza, cuyo envase suda mientras transcurre la noche. Soy la única persona sola, la única que no se emborracha. Se te va a calentar la cerveza, me dice la istmeña al ver que el envase sigue lleno. No me gusta tomar, le prometí a mi mamá que nunca lo haría. Estoy solo, incómodo entre la gente que comienza a llenar el bar.

Un trago, ¿qué pasaría si sólo le doy un trago? Es amarga, pero la cerveza va relajando mi cuerpo, aflojando mis músculos tensos, mitigando mi cansancio. Después de pedir el segundo mezcal puedo recordar, sin acongojarme, la imagen del féretro de mi padre descendiendo en su fosa.

No sé en qué momento se atiborra el bar; la mujer ya no canta sones, ahora suena una música estridente que hace que todos bailen, sudorosos. Toco la piel adormecida de mi cara después de haber intentado en vano despegarme del taburete: estoy borracho. Un tipo se abre camino entre la muchedumbre y se acerca a la barra para pedir unos tragos. No es bueno tomar, le digo, ¿sabes lo que es tener un padre alcohólico? Él me mira extrañado y, una vez que recoge sus bebidas, se aleja. También quería contarle que no he podido dormir en paz, que los rezos de las mujeres en la capilla se metieron en mis sueños, los trastornaron y sólo puedo ver sus rostros arrugados y tristes. Otro mezcal, morena, le digo a la istmeña, por favor. De pronto estoy recargado sobre una pared, con una cerveza en la mano; alguien más ha ocupado mi taburete. Me acerco al grupo de personas paradas que tengo cerca. Hola, les digo, sin saber qué más hacer. Le doy un trago a la cerveza. Hola, me responde una muchacha, sonriendo. Platicamos, me dice su nombre, mismo que olvido al instante. Le pregunto: ¿Sabes lo que es perder a un padre? Yo no estoy seguro... Deja de chingar, dice uno de sus amigos. Me empuja violentamente y regreso a la pared.

Ya no tengo dinero, no puedo comprar más cerveza y no sé cómo regresar a casa. ¿Qué hora es? Quiero irme, pero me da miedo salir. ¿Y si me pierdo en alguna calle? ¿Y si me esfumo al doblar una esquina?

Le marco a Marcela, le digo dónde estoy, le pido que venga. Aguardo en el zaguán donde sale la gente a fumar, platico con la señora que vende chicles y cigarros: ¿Sabes lo que es perder a un padre...? No me gusta tomar; la cabeza da vueltas y a uno le da una sed insaciable. A veces hasta se llega a vomitar. Lo he visto, sé de estas cosas... Me siento solo... Me da un chicle, por favor...

Marcela llega y me mira sin comprender. La beso torpemente, buscando la humedad de su lengua. Ella me ayuda a levantarme y nos vamos. Tengo hambre, le digo. Afuera del bar hay un triciclo donde venden consomé de res. Pido uno, pero me cuesta trabajo sostener el vasito de unicel. A ver, me dice Marcela, y se lo doy. Nos sentamos en uno de los escalones que hay frente a una puerta vieja de madera y Marcela me da de comer. ¿Por qué no me hablaste antes?, me pregunta. Perdón, le digo, sólo quería caminar, pero me cansé. Sonrío burlón mientras Marcela acerca la cuchara de plástico a mi boca. Menso, murmura, estás borracho.

De camino a mi casa, el auto se detiene frente a una farmacia, donde Marcela me compra una botella de agua que bebo con avidez. Ya estoy mejor, le aseguro. Apenado, me pregunto cómo pude encontrar un amor así entre tanta desdicha. Desde niño me había acostumbrado a la soledad, aunque siempre, en secreto, había deseado que acabara. Ahora sólo quiero que acaben las vacaciones, regresar a la Ciudad de México, estar lejos de las rencillas familiares y los malos recuerdos. Dormir juntos.

Entramos al pueblo por una calle mal iluminada. A nuestro paso los perros se inquietan y ladran. Bajo la ventana para que entre aire y sólo siento el calor que se desprende del campo. Las calles lucen desoladas. Se hace un silencio que se esparce como tiniebla, acallando los ladridos y el rumor del viento sofocante. Arriba, en el cielo, la luna mueve las nubes a su antojo, se esconde detrás de ellas y luego las fulmina, llenando las calles de penumbra. Delante de nosotros, a unas cuadras, bajo la luz tenue que cae como un velo desde un poste, vemos a tres señoras envueltas en rebozos negros. ¿Qué estarán haciendo a estas horas de la noche?, me pregunta Marcela. No lo sé, le respondo. Arrastran sus pies. Los bordes deshilachados de sus faldas levantan el polvo. Al acercarnos distingo los pétalos que van dejando sobre el sendero de sus huellas. Son ancianas. La luz del poste traza arroyos de sombra y miseria debajo de sus arrugas. ¿Escuchas eso?, me pregunta Marcela, creo que vienen llorando. Vuelvo a mirarles el rostro arrugado y entonces descubro el vacío de sus cuencas, la oscuridad que me apunta y me espanta. Mi corazón tiembla ante la posibilidad de otra noche de sueño inquieto, de rezos y lamentos. Marcela, le digo, Marcela, vámonos a un motel. Acaricio una de sus manos mientras la otra vira el volante. En el retrovisor, las tres figuras se desvanecen como humo de copal.

Al apear me doy cuenta de que aún sigo mareado. Mi boca sabe a alcohol. Entro a la recepción del motel, pago y me entregan la llave. Afuera me espera Marcela. Caminamos por un corredor buscando nuestro cuarto. Es por aquí, le digo a Marcela mientras la guío. Meto la llave en el cerrojo y entramos.

Voy directo al baño y orino. Intento lavarme la boca con el agua del grifo y veo mi rostro pálido reflejado en el espejo. No tarda en recuperar su color, en encenderse. Se me pasa el susto por las ancianas y recupero la sensación de relajamiento. Me cubre un acaloramiento agradable. Salgo a la recámara y contemplo a Marcela sentada al borde de la cama. Me acerco.

Olvido cómo he llegado aquí, olvido los días recientes;

vacío de recuerdos, sólo queda mi deseo ebrio de su cuerpo. Paso mi mano por su cabellera negra y huelo su cuello. Por debajo de su blusa siento la calidez de sus senos. La desvisto y me percato de que la borrachera es como una revelación, que aquella piel blanca, que he saboreado y mordido antes, se me aparece como algo nuevo, desconocido. Sus olores me llegan transformados, intensificados. Cada caricia suya, cada roce de sus labios con mi cuerpo, produce una sensación comparable sólo a la primera venida que tuve de adolescente. Escucho nuestros gemidos como un sueño placentero, lejano. Me gusta que sus uñas tracen líneas rojizas sobre mi espalda. Me gusta sentir su pecho pegado al mío. Y bebo, bebo de ella, bebo hasta prolongar la borrachera y amanecer entre sus brazos.

El único cobijo que hallo es el cuerpo tibio de Marcela, pero después de un mes del entierro de mi padre, ella regresa a la Ciudad de México para sus prácticas universitarias. Antes de irse, me asegura que podría posponerlas para el próximo año. Le digo que no, que vaya, y que iré con ella. Pero Marcela, apenada, me dice que no podría separarme de mi familia que me necesita en estos momentos. ¿Necesitarme para qué? Si paso los días del verano despertándome al mediodía, cuando el calor está en su apogeo y la piel se cubre de un sudor al que se pegan las moscas, haciendo imposible espantarlas.

No ayudo en el negocio familiar, no voy a la ciudad, me

quedo sentado en el corredor de mi casa, esperando una corriente de aire afable que me refresque, mientras aplasto las moscas adheridas a mis antebrazos. Una por una van cayendo y juntándose en el suelo como un montón de pasas. Más que el calor, es el tedio lo que me abruma. Cuando me da hambre voy al restaurante de mi familia a comer, luego me regreso a casa. En el camino veo las sombras que trazan las personas en las calles alumbradas por el atardecer, el cansancio que aqueja los rostros de los hombres agobiados, no por el calor ni el trabajo, sino por no tener nada que hacer. Ellos son los que llenan las pocas cantinas del pueblo antes de que anochezca.

Más de una vez me tientan las puertas de vaivén, pero enseguida rechazo la idea al imaginarme lo ridículo que sería entrar; ni siquiera me llevo con la gente del pueblo. Además, recuerdo el juramento de abstinencia que le hice a mamá, y la severa cruda que tuve al despertar al lado de Marcela en el motel. Sentí asco y ganas de vomitar la culpa de haberme pasado de copas. Prefiero regresar a mi silla en el corredor y esperar al menos un roce de viento fresco.

Pero al llegar agosto la canícula empeora, evaporando las esperanzas de los campesinos de tener un solo aguacero que salve sus milpas. Hasta el pasto que hay debajo del ahuehuete se seca y desaparece bajo el polvo.

Un día en el que ni el corredor me resguarda de la reverberación del sol, mientras incremento mi colección de pasas chamuscadas, escucho un alboroto que proviene de la calle, un bramido. Me levanto de mi silla y atravieso el patio ardiente. Entreabro el portón y me embisten los gritos de hombres despavoridos y algunas risas repugnantes.

Observo temeroso cómo un toro negro, brilloso, sacude sus cuernos delante de la casa del vecino. Cinco hombres forcejean con la bestia, intentando lazarlo. Los bramidos y los saltos que da el toro sacuden el polvo de la calle, confundiendo los pasos de sus domadores. La palidez que tiñe sus rostros delata el susto que sufren. Sus compañeros, que aquietan tranquilamente al resto de los toros amarrados con mecates, sólo miran la faena mientras beben latas de cerveza. Escupen al suelo y se mofan de los lazos fallidos. Son policías comunitarios, de la tercera compañía, la que me corresponde. Yo debería estar ahí con ellos, arreando los toros hacia el ruedo del jaripeo; pero como no vivo en el pueblo sólo he tenido que pagar una multa.

Uno de los hombres que intenta lazar al toro se resbala en la tierra y cae. Antes de que pueda ser embestido o aplastado por la bestia, sus compañeros al fin logran domar al toro negro en medio de la polvareda. El viento seco se encarga de dispersar el polvo hacia las fachadas de las casas, hacia mi frente pegajosa. Tardo en darme cuenta de que tengo las manos sudorosas. Entre los portones de los vecinos se asoman ojos curiosos. Pero más que curiosidad, es espanto lo que transmiten las miradas de los niños que aguardan la reanudación de la marcha de los toros.

Comparto ese miedo, desde niño, desde los primeros recuerdos que tengo de los Valles Centrales, del cielo claro oaxaqueño y sus nubes montañosas. Tenía siete años y habíamos venido desde el otro lado de la frontera, del desierto de calor inhóspito. Mamá quería ver de nuevo a sus familiares, los extrañaba. Siempre que nos íbamos de Oaxaca dejaba caer unas lágrimas silenciosas. Llegamos en carro, por estas fechas, en plena fiesta de agosto.

En la calenda que hacían en honor a la virgen de la Asunción, yo miraba fascinado la variedad de colores brillantes de las faldas de satín con que las mujeres desfilaban por las calles, cargando canastas con arreglos de flores en forma de estrellas y corazones. Me gustaba verlas andar, ondeando sus largas faldas, aunque me espantaban los cuetes que estallaban en el cielo. También le temía a las enormes monas hechas de papel y carrizo; gigantes que vestían como personas, con trenzas o cigarros humeantes. Me escondía entre la falda de mamá, la abrazaba fuerte para que no bailara cerca de las monas.

Una semana después de la calenda, en una tarde nublada de las festividades, llegaron los policías de la tercera compañía al restaurante. Venían con canastas de panes y cartones de cerveza, acompañados por la banda del pueblo. Pasaron a la pieza donde tenemos a la virgen, formaron una sola fila frente a mis abuelos y mi tía, y dijeron algunas palabras de agradecimiento. Entregaron los regalos y la banda tocó una diana. Un cuete estalló. De pronto todos salieron de la pieza y caminaron hacia la calle.

Le pregunté a mamá qué sucedía, por qué habían traído tantas cosas, y me respondió que mi tía había aceptado ser la madrina encabezada del tercer jaripeo. Yo no sabía qué era un jaripeo, y mi madre, que no suele asistir a las fiestas, había decidido ir esa vez para acompañar a su hermana menor. Íbamos detrás de la banda; de mi abuelo y de mi abuela, que gustaba arreglarse con pendientes del Istmo; de mi tía, que vestía su traje de china oaxaqueña. Mi padre cargaba una canasta llena de dulces que mamá aventaría en la noche. Yo caminaba al lado de mamá. Quería acercarme a los músicos, pero ella no me soltaría la mano mientras anduviéramos por la calle.

Súbitamente cayó una llovizna desde el cielo gris, que refulgía a pesar de tantos nubarrones. Las gotas asperjaban los sombreros de los policías comunitarios y el campo verde, liberando un aroma a palma seca mojada, mezclado con alfalfa y yerba de conejo. Los instrumentos de latón cromado se cubrían de granitos de lluvia, y los músicos se taparon con impermeables de plástico azul.

Llegamos a la curva por donde se abandona el pueblo. A un costado de la carretera estaban tendidas carpas de plástico para que la gente se refugiara de la llovizna. En los alrededores del paraje, una decena de camionetas viejas con redilas, atiborradas de familias, estaban estacionadas como reses que pasteaban. Para que nadie resbalara, habían puesto un sendero de tablones de madera sobre la tierra humedecida. Lo cruzamos para llegar al espacio debajo de las carpas. Ahí reinaba un ambiente festivo, con la gente sentada en las gradas improvisadas para la ocasión. En medio del graderío se levantaba un ruedo lastimoso construido con morillos de madera. Me senté junto a mamá, metiendo mano a cada rato en su canasta de dulces. Mi tía había bajado a una mesa puesta delante del ruedo, donde estaba sentada la autoridad municipal. Yo devoraba gozoso los dulces, ignorando lo que estaba por suceder. Mi padre también había bajado, platicaba con unos señores mientras le destapaban una cerveza. Ese fue uno de los olores que inundó el ruedo, cesada la lluvia y sus aromas a yerbas: el olor a cerveza, a meados de burro; el otro fue el hedor del estiércol de los chiqueros.

Hartado de dulces, no tardé en aburrirme. Nada sucedía. La banda, de vez en cuando, tocaba una melodía y, en los descansos, un anunciador animaba al público y prometía las mejores montadas. Yo le temía a los toros, el tamaño de sus cuerpos me dejaba pasmado. El padre de mi padre tenía algunos en su corral; unos días antes del jaripeo me habían llevado a verlos y casi lloro. Mi abuelo materno, por el contrario, no tenía ninguno, sólo puercos y chivos muy enclenques. Comencé a insistirle a mamá que nos fuéramos porque tenía sueño y hambre. Mi abuela me ofreció una empanada de amarillo, pero me desagradaba la comida oaxaqueña y la rechacé.

Entonces el anunciador nos pidió que dirigiéramos nuestras miradas hacia el valiente muchacho que se acercaba al toril. A pesar de que la lluvia había cesado, el cielo se había ennegrecido. El cuerpo flaco que atravesaba el ruedo parecía cargar los nubarrones espesos, agobiado, a punto de ser aplastado. Le supliqué a mamá que nos fuéramos ya, que alguien llamara a mi padre. Traté de buscarlo con la mirada, pero sólo veía un montón de borrachos amontonados sobre los morillos de madera. El muchacho, con la frente empapada de sudor que delataba su nerviosismo, escaló el toril; ahí se mantuvo un largo rato, dudando, temblando. Yo también temblaba; no encontraba a mi padre. Creía que esos morillos no iban a soportar una embestida del toro y que este saldría y subiría las gradas. No entendía por qué me habían llevado al jaripeo. Del miedo que sentía surgió un ascua de rencor, insignificante, pero vivo.

El montador saltó sobre el toro y las puertas del toril se abrieron. Salió la bestia iracunda, dejando un rastro de polvo y gritos. El toro saltaba y corría sin saber a dónde ir, estrellándose contra los morillos, la cabeza del muchacho peligrando un golpe que lo dejara inconsciente. Cuando ocurrió aquel golpe, de sonido hueco, el muchacho desmayado siguió por algunos instantes más montado sobre el lomo, sacudido como por los ventarrones violentos de una tormenta. No duró. El cuerpo cayó. Los de la policía comunitaria entraron al ruedo, intentaron lazar al toro o al menos distraerlo. La bestia no hizo caso y enterró su cuerno en uno de los costados del montador, desgarrándole la carne y los huesos. Inerte y abierto, el cuerpo raquítico yacía sobre la tierra, como los chivos que mataba mi abuelo sobre una enorme piedra fría. Insatisfecho, embravecido aún más por la sangre que le escurría por el cuerno y le bañaba su ojo, el toro comenzó a saltar, triturando lo que quedaba del montador, dejándolo irreconocible. Esa noche, y muchas más, soñé con el lodo bermejo que se formó donde quedó el cadáver.

En las gradas las mujeres se cubrían las bocas abiertas, también mamá, ahogándose el Dios mío que suspiraban. Yo no comprendía lo que acababa de suceder. Quería a mi padre, que estuviera a mi lado, que me protegiera. Tan sólo tenerlo cerca para saber que cualquier mal que saliera del ruedo no nos alcanzaría. Era la primera vez que veía a un muerto.

Domado el toro, los paramédicos recogieron los despojos del hombre en una camilla y la música no tardó en volver a sonar. Ahora las mujeres también tomaban alcohol, unas copitas de anís que repartían los policías de la tercera compañía, para aliviar el susto. Yo seguía buscando a mi padre, quería bajar y traerlo de vuelta, sobre todo cuando lo vi caminar torpemente hacia el toril. ¡Mamá!, grité, mamá haz algo, se va a matar. Pero ella no sabía qué hacer.

Mi padre, al subir el toril, casi se cae. El corazón me latía deprisa, los latidos iban quebrando mi interior. Desconocía al hombre que estaba por montar un toro, nunca había visto a mi padre comportarse de esa manera. Era algo grotesco, me asustaba. Aun así quería ir por él. Comencé a sentirme huérfano.

Desde las gradas donde estaba sentado se abrió una distancia entre mi padre y yo, una distancia que hería. Mi padre saltó sobre el lomo del cebú y ambos salieron del toril. Lloraba, pero no le hice caso a mis lágrimas; miraba atento a mi padre. El cebú, de cachos cortos, no tardó en derribar, con tres giros, a mi padre. Grité, más fuerte de lo que gritó mamá, y por un instante el paisaje se nubló a causa de la polvareda. La banda tocó una diana y las carcajadas se apoderaron de las gradas. Con los pantalones manchados de tierra mi padre se incorporaba con dificultad. El cebú, sin prestarle la menor atención, se paseaba por los límites del ruedo. Yo no le veía la gracia. Me dolía el estómago y sentía como si una fiebre me aquejara. Tardé en darme cuenta de que me había orinado las bermudas.

Pasado el incidente, mi padre volvió a perderse entre los borrachos. Finalizó el jaripeo y nos fuimos al palacio municipal, donde sería la entrega de premios a los mejores montadores y la regada de dulces. Fuimos sin mi padre. Mamá tuvo que cargar su canasta de dulces y yo la seguí, cabizbajo. Mientras caminaba sentía la capa pegajosa de orina seca que se estiraba y contraía sobre mis piernas.

Atravesamos con dificultad el andador turístico atiborrado de gente, igual que los jardines y los alrededores de la explanada frente al palacio municipal. En medio de esta, unas luces multicolores refulgían bajo una capa de humo. Olía a pólvora. Un cuete con estela se estrelló contra la espalda de un cristiano. Al despejarse el humo se manifestaron un par de toritos de cartón y carrizo, con piernas de humano. Bailaban mientras ardían, persiguiendo a los niños y a los borrachos que se atrevían a retarlos. De puro milagro llegamos al corredor del palacio sin ser chamuscados por los buscapiés.

Tenía esperanzas de encontrar a mi padre ahí, pero sólo estaban las mismas señoras de las gradas, sentadas en sillas de lata plegables, con sus canastos de dulces a sus pies. Me sobresaltaba a cada rato, con cada estallido de cuete. Recordé de pronto una visita que hicimos al circo: mi padre que me llevaba sobre sus hombros, el olor de su crema para afeitar. Comencé a sentir una tristeza desconocida. Desde las montadas no había visto ni una sola familia. Una vez en el jaripeo las familias se dispersaban, y así permanecían.

Acabada la pirotecnia, las señoras recogieron sus canastas y ocuparon el lugar vacío en la explanada que habían dejado los toritos. La banda ejecutó una chilena y las señoras comenzaron a aventar al aire el contenido de sus canastas. Yo miraba desde uno de los arcos del palacio la lluvia de dulces. Caían a mis pies y la gente se abalanzaba sobre ellos, como niños bajo una piñata rota. Yo ya había perdido el apetito, hasta para los dulces, sólo recogí una paleta para dársela a mi padre.

Me escabullí por entre la gente, decidido: iba a reunir a mi familia para regresarnos a casa. Primero busqué a mi padre en los jardines, pero ahí sólo había niños que jugaban a las atrapadas. Mi abuela me había advertido que no me acercara a ellos, que me darían una paliza. Al verme pasar, sus rostros de júbilo y fatiga se tornaron ásperos; me miraban con severidad, echándome en cara lo que yo era: un extranjero.

Me hirió el desprecio que sentían por mí. Si me hubieran visto caminar junto a mi padre no me habrían tratado de esa manera; habrían visto que yo también era del pueblo, que tenía derecho a jugar con ellos si quería. Continué la búsqueda de mi padre. Rodeé la explanada, siguiendo un rastro de olor a meados. Al fin lo encontré, cerca de la cárcel municipal, en el jardín detrás del busto de Benito Juárez. Lo acompañaban varios hombres que formaban un círculo en cuyo centro se amontonaban cartones de cerveza. Se carcajeaban y daban fuertes gritos, regocijándose de su borrachera. Me acerqué cauteloso; las sombras de los hombres regordetes caían sobre mí y un viento erizó mis vellos. Mi padre, al verme, me cargó entre sus brazos y besó mi mejilla. ¿Cómo estás, mijo? ¿Y tu mamá?, me preguntó. El tufo a alcohol me mareó más que la pólvora. Entonces me bajé y le dije que nos fuéramos a casa. Los borrachos se rieron al oír mi súplica.

Tomé la mano de mi padre y quise llevármelo. Él no se movió. ¿Por qué?, le pregunté con una voz insegura que comenzaba a romperse, ¿por qué estás tomando tanto? Me respondió, sin mirarme a los ojos, que tenía tiempo de no ver a sus viejos amigos. Sólo era eso. Un hombre con una enorme cicatriz que le corría de la boca a la oreja destapó una cerveza y la puso delante de mi rostro: ¿No quieres una?, me ofreció antes de pasársela a mi padre. Los borrachos soltaron otra de sus carcajadas estrepitosas, llenas de malicia. Intenté una vez más: puse mi frente sobre el dorsal de su mano, lo jalé de su chamarra y le dije: Papi, ya vámonos, por favor. Él sólo movió la cabeza aprobando, mordiéndose los labios cobardemente, todavía sin ver mis ojos, que son como los de mi madre.

Oye, pequeño, dijo el hombre que me había ofrecido la cerveza, ¿por qué mejor no vas a ver a tu mami?, nosotros cuidaremos a tu papi. Me sonrió con vileza, tenía los dientes amarillentos por el tabaco. Le respondí que se fuera al diablo. Me abalancé sobre él, quise hacerle daño, pero sólo logré llenarme de lágrimas. Mamá me encontró sentado sobre el pasto regado por cerveza, derrotado. Me levantó, sacudió mis bermudas y me cubrió con su abrigo. Humedeció con saliva su rebozo y con él limpió mi rostro. Luego miró con un profundo desprecio a mi padre y los borrachos acallaron sus risotadas. Ausencio no se atrevió a pronunciar palabra alguna, ni siquiera un perdóname. Esa noche lo dejamos con sus amigos, y yo le prometí a mamá que nunca me emborracharía. Nunca.

Pero he roto esa promesa. Afuera ya no se distinguen bramidos ni polvaredas, las pequeñas casas de adobe lucen serenas, con sus fachadas de cal que reflejan los destellos anaranjados del atardecer. Los portones de los vecinos se abren y los niños salen con cautela a jugar futbol en la calle. Los perros los siguen, dispuestos a recuperar sus dominios que les arrebataron los toros. Pasado el peligro, también salgo de mi casa.

El viento refrescante que esperaba no llegó, aunque ya no hace falta. A esta hora de la tarde el sol desciende detrás del cerro y uno puede pasear por las calles sin sudar tanto. Camino pensando en mi abuela: me pidió que la acompañara al jaripeo porque Rey, uno de sus ahijados, montará esta tarde.

Rey fue la única persona fuera de mi familia que me trató con aprecio cuando nos mudamos al pueblo. Nunca pude establecer ninguna otra relación con alguien más. A insistencias de mi mamá, accedí a que él me enseñara a cabalgar. En esas tardes de jinetes, mientras cabalgábamos por las faldas del cerro, Rey me contaba su afición por los toros, cómo iba de pueblo en pueblo participando en los jaripeos. Me confesó que no le interesaba nada más, que sólo quería pasarse el resto de su vida criando chivos, montando toros. No le avergonzaba seguir viviendo con su madre, podría hacerlo hasta morir. Yo quería todo lo contrario: largarme cuanto antes. Aun así no lo miré con desdén, como lo hacía con quienes jamás se irían del pueblo, porque era mi amigo.

Después de vagar por las calles llenas de estiércol de toro decido acompañar a mi abuela. No he vuelto a un jaripeo desde mi infancia; tengo curiosidad por saber qué tanto han cambiado, si aún me provocarán pavor. Al llegar ya no veo las carpas de plástico, sino una enorme plaza de toros construida con ladrillos. Entro en la Monumental y, en lugar de un ruedo de morillos de madera, hay uno de hierro. Doy una vuelta por las gradas y encuentro a mi abuela. Me siento a su lado. Las señoras con las que está sentada son sus comadres y no tardan en agobiarme con sus comentarios: ¿Este es tu nieto? Qué tal grandote ya está…

Una señora que sostiene dos botellas entre sus brazos se acerca hacia nosotros contoneándose y alegremente nos pregunta si no queremos una copita de anís o mezcal: Ándenle, una nomás. Mi abuela y sus comadres se ríen entre ellas, esperando a ver quién es la primera en aceptar el trago. Al cabo de un rato todas andan dándole sorbos a sus copitas de anís. Le digo a la señora que me sirva una de mezcal. Claro que sí, responde. Al verme con detenimiento, añade: Tú eres el hijo de Clara, ¿verdad?, casi no te dejas ver. Yo asiento con la cabeza. Te pareces un montón..., me dice. Entonces su semblante se ensombrece y su voz se apaga: Mi más sincero pésame, Ausencio era un buen hombre, se llevaba tan bien con todo el mundo... La señora vierte el mezcal en la copita de plástico y me la entrega. Percibo el aroma fuerte del alcohol y, antes de empinarme el trago, digo salud. El licor me embiste desde dentro, como una cornada, y un acaloramiento se esparce por mis sienes. No era tan bueno, digo después de toser. ¿El mezcal?, pregunta despistada la señora.

Pido otras copas y las bebo con avidez mientras observo que en realidad nada ha cambiado. Las gradas siguen ocupadas sólo por las mujeres, los hombres se emborrachan cerca del ruedo y los niños andan dispersos por toda la plaza. El último de los mezcales que tomo en la Monumental me sabe amargo al advertir que, si mi padre aún viviera, estaría allí abajo emborrachándose.

En seguida me domina una pesadez, una molestia, un querer huir. La tarde se torna fastidiosa y no soporto ni un instante más el ambiente del jaripeo. Le digo a mi abuela que me voy mientras el animador anuncia el nombre de Rey Santiago. Antes de salirme, él se postra en el suelo al lado del toril, cabizbajo, con las manos tendidas hacia el cielo.

Vuelvo a ver aquel hombre corpulento, alto, que se encomienda a la Providencia y se persigna, en la noche, alegre como cuando cabalgábamos, con una sonrisa infantil por haber salido una vez más con vida del ruedo. Baila sin cansarse con una muchacha en la explanada atestada de gente, despreocupado, mientras deambulo por el corredor del palacio, buscando otra copa de mezcal.

De pronto se escucha un balazo, gritos. Tiro mi mezcal. La gente se empuja, se desespera, y en medio de su tumulto le abren un espacio a Rey. Él se arrodilla como en la tarde, cubre su abdomen con sus manos que se manchan de sangre, sangre que cae en hilos formando un charco, escurriéndose entre las grietas del adoquín.

Poco a poco Rey va extendiéndose sobre el suelo. Tendido, mira hacia el cielo; parece que habla o reza, pero es sólo su boca que se entreabre para perder el aliento. Intento acercarme a él, pero estoy petrificado. Su madre llega corriendo. Zarandea a su hijo desfallecido, le exige gritando que se despierte, pero Rey sólo logra espirar. Ella, desesperada, se abalanza sobre él, como queriendo detener el desprendimiento del alma de su hijo con el peso de su pena. Cuando sus sollozos no dan para más, se apagan, partiendo el silencio en dos: el silencio de los vivos y el silencio de los muertos.

Camino por la nave de la iglesia hasta llegar frente al presbiterio donde descubro el féretro abierto de Rey. A mi alrededor percibo los llantos que se escurren desde los retablos. La humedad del ambiente torna nebulosa la vista; tengo que tallarme los ojos cuando me inclino sobre el féretro para despedirme de Rey. Mis palabras se confunden y digo: Adiós, Ausencio, adiós, padre. De pronto los ojos del cadáver se abren y miro con horror su rostro tieso, de labios morados y piel hinchada, derretirse como la cera, transmutándose en el mío. Parpadeo y estoy entre el acolchado del ataúd, inerte. Sobre mí se asoma el rostro quebrado de mi madre; le ruega a Dios, rasgando la madera del féretro, que me devuelva a su vientre. Cierro los ojos y despierto, con el corazón palpitándome con agitación. Un sabor a tierra recubre mi boca, el sabor ahumado de los mezcales que tomé anoche y que me dejaron la lengua reseca y pesada, como la de un difunto.

Sobre mí cae el peso de una mirada, desde el umbral de mi puerta descubro la silueta de mi madre. Mataron a Rey, pronuncia ella. Se acerca y se sienta en mi cama, volviendo a repetir: Mataron a Rey... anoche... en el baile... Habla fuera de sí, mirando hacia un recoveco, hacia la nada que hincha sus ojeras de vacío. Ya lo sé, intento decirle, estuve ahí, pero mi madre me interrumpe. Recarga su mano sobre mi pierna y me dice: No hay mayor mal que la muerte de un hijo, es algo que no tiene nombre. No sé qué haría si eso te pasara. Quiero decirle que yo tampoco sabría qué hacer si ella muriese, pero no puedo.

Sólo logro contemplarla por un largo rato, grabándome el desconsuelo de su rostro.

Al mediodía llega Marcela, mamá la recibe en la sala y se ponen a platicar mientras yo preparo mi maleta. Mañana regresaré a la universidad, al fin estaré lejos del pueblo, de su rencor vivo que arrastra a sus pobladores hasta desangrarlos. Quisiera nunca más volver, olvidarlo como a una pesadilla, pero es imposible.

¿Necesitas ayuda?, pregunta mi hermana al entrar en mi habitación. No, le respondo, traje pocas pertenencias. Ah, bueno, dice mientras abarca mi habitación con la mirada, acercándose a mí con pasos inseguros. Sin decir nada mira mi maleta como si fuera la cosa más extraña del mundo. Sus ojos se humedecen. Su pecho se llena y vacía como cuando le da hipo. Sin poder contener más la aflicción, esta se desborda de sus párpados, trazando hilos de lágrimas que después caen a cántaros. Las gotas saladas se guardan en mi maleta, humedeciendo mi ropa. No hay lamentos, sólo se oye su respiración entrecortada. Las comisuras de sus labios caen, arrastradas por el río de lágrimas, trazando una media luna apagada.

Llora como yo quisiera poder llorar. Sé cuál es su dolor, por eso me aferro a su cuerpo trémulo antes de que se la lleve la corriente de sus propias lágrimas. Entre suspiros intenta decirme algo; escucho su voz atrancada que lucha por hacerse entendible: ¿Por qué...? ¿Por qué se tuvo que morir papá? Al acabar de pronunciar su pregunta, como si con las palabras se fuera un gran peso, siento a mi hermana más ligera entre mis brazos.

Su llanto se va apagando y se recuesta sobre mi cama, fatigada. Voy al baño y humedezco una toalla con la que le limpio el rostro para que nadie más la vea así, como cuando mamá me lavó las lágrimas con su rebozo para que no me avergonzara.

A la hora de irnos, guardadas ya las maletas en la cajuela del auto de Marcela, mi hermana luce más tranquila. Al despedirme de ella y de mamá me agobia el remordimiento de dejarlas solas. Cuando mamá me abraza y dice que me cuide, imagino el sosiego que hubiera sentido si tan sólo me hubiera abrazado de esa manera en los días posteriores al entierro, si tan sólo me hubiera abrazado más de niño. Antes de entrar en el coche ella intenta persignarme, pero detiene su mano al recordar que no me gustan esas señas. Cuídalo, le dice a Marcela mientras esta pone en marcha el auto. Nos alejamos. Miro hacia atrás por el retrovisor, a mi familia que va quedando en la lejanía, difuminada por el velo triste que envuelve al pueblo.

Durante el trayecto a la Ciudad de México Marcela me pregunta, mientras maneja, cómo he estado. Le respondo que mejor. Me cuenta cómo estuvieron sus prácticas, lo demandante que era su jefa y lo reservados que eran sus compañeros. Intento prestarle atención a sus anécdotas, asombrarme o reír, pero una repentina apatía me lo impide. Es un cansancio, una falta de interés por lo que Marcela tiene que decir, por lo que ocurrirá mañana. Miro a través de la ventanilla los guajes que mecen sus vainas, las nubes que son parcelas de algodón en el cielo.

Me gustaría que la carretera se alargara más por cada kilómetro que recorremos, que se extendiera infinitamente, sin llegar a ninguna parte. Viajar para siempre sobre una carretera recta, olvidando con el tiempo quiénes somos, con las palabras de Marcela vaciándose de significados hasta asemejar el murmullo del viento.

Después de un par de horas de recorrido el paisaje se torna desolado. Atravesamos la tierra rojiza, erosionada, de la Mixteca. El sol arde en el cielo despejado, abrasando el suelo sin sombras. A pesar de tener encendido el aire acondicionado bajo mi ventana para dejar entrar el calor asfixiante. Sobre el horizonte, como un espejismo, logro vislumbrar un terreno familiar; un recuerdo distante, de los más lejanos que retengo, viene a mí.

Tendría tres o cuatro años, era un día caluroso y yo iba vestido de marinero. Vivíamos en una pequeña ciudad de Estados Unidos, no muy lejos de la frontera. Mi madre y mi padre me habían llevado al parque, una mancha verde rodeada de asfalto y desierto. Yo corría detrás de unos patos que vivían en un pequeño lago artificial, el mayor cuerpo de agua que había visto en mi vida. Me gustaba ese lago porque para mí era como un mar. No me acuerdo sobre qué caí, sólo sé que un niño me hizo tropezar y acabé con una cortada en la rodilla. Era un dolor punzante, y la rodilla sangraba. Lloré y mamá corrió hacia mí y cubrió mi herida. Lo único que no comprendo es por qué mi padre se quedó sentado en la banca, atónito, sin acudir en mi ayuda.

Al acercarnos a la Ciudad de México el sol desaparece detrás de nubes grisáceas. El cielo es opaco, monótono. Diminutas gotas comienzan a asperjar el parabrisas mientras nos adentramos en la ciudad, hasta que Marcela tiene que encender los limpiaparabrisas a causa del torrente que se desata sobre nosotros. La lluvia produce un sonido apacible al estrellarse contra el techo del auto. En el momento en que el tráfico se estanca Marcela toma mi mano, me mira cariñosamente y se acerca a mí. Como sacado de un sopor, también me acerco y siento su beso acuoso.

Llegamos al departamento, yo con el interior de mis labios rajados por las mordidas de Marcela, con un sabor a hierro, pequeñas heridas placenteras. Dejo las maletas en la sala y Marcela me abraza, cubriéndome con su perfume, acariciando mi espalda. Puedo sentir sus pechos pegados a mi cuerpo, la calidez que guarda debajo de su abrigo empapado. Te extrañé, me susurra, y vuelve a besarme. Rozo sus dientes con mi lengua, buscando su canino que parece de leche. Me gustan sus labios, delgados y suaves como la cáscara de un durazno. Arrastrados por la añoranza, acabamos en nuestra recámara.

Nos desvestimos con prisa, como si así se pudiera recuperar el tiempo sin vernos. Lo que más he extrañado son sus nalgas de nieve, su seno derecho palpitante, el pezón que mordisqueo. Desnudos, beso su cuello blanco, lo chupo hasta sentir su piel entre mis dientes. Se ríe: No, me dice, me vas a dejar un chupetón. Hazme uno, le respondo, ofreciéndole mi cuello. Ella lo chupa, hunde sus dientes y yo siento un cosquilleo que llega hasta mis genitales. Entro en ella y sus palabras se vuelven gemidos y saliva que va dejando su lengua sobre mi piel. Lluvia, sus senos saben a la lluvia ácida que cae sobre la ciudad. Más, me pide, aquí. Envuelve mi cuello, rodeando mi cuerpo con sus piernas, y pega su pubis como si quisiera entretejer nuestros vellos. Hundo mis manos en su cabellera negra, sudada, y siento el vapor de su aliento, su humedad. Entonces el agotamiento regresa, la extenuación me aflige y no tardo en venirme.

Llueve, sigue lloviendo, las gotas que se revientan en las ventanas son el único sonido que hay en la habitación silenciosa, junto con nuestra respiración fatigada. Me acuesto al lado de Marcela, tratando de recuperar el aliento. Ella me besa el hombro y descansa su brazo sobre mi pecho. Tiene las mejillas encendidas y su cabello se ha rizado. Trato de no mirarla a los ojos, de ocultarle mi desconcierto, pero Marcela no deja de contemplarme.

¿Qué hiciste mientras no estuve?, me pregunta. No mucho, le respondo, me quedé en casa. Me contaste que hizo más calor, dice ella, aquí está mejor. ¿O no te gusta la lluvia? Está bien, le digo, prefiero que esté nublado. Yo pensé en ti todo este tiempo, continúa, en las noches rezaba para que pudieras sobrellevar la tristeza. No había rezado así desde que murió mi abuela. Ella era tan tierna, tan cariñosa conmigo. Cuando iba en la prepa me regaló un estuche con agujas de crochet y todas las tardes iba a visitarla a su casa después de clases. Nos la pasábamos tejiendo hasta el atardecer. Solíamos tomar un descanso y paseábamos por su jardín, buscando un buen lugar para ver el sol anaranjado; yo tenía que sostenerla del brazo porque ya se le dificultaba caminar por sí sola. Aun así, no dejó de beber su crema de licor al terminar de tejer. A mí me servía una copa y siempre me preguntaba si ya tenía novio o quiénes eran mis pretendientes. Me habría gustado que te conociera... Marcela deja caer su cabeza sobre mi hombro, el cansancio de conducir tantas horas comienza a asordinar su voz: tardé mucho tiempo en reponerme, la extrañaba todos los días, sobre todo en las tardes. Hasta el día de hoy los atardeceres me recuerdan a ella...

La mano que sobaba mi pecho se detiene, Marcela se adormece. La miro rendirse al sueño, rozo sus pequeñas ojeras perpetuas y ella entrecierra los ojos. Sus labios están quietos, cerrados; los beso. Su aroma y el rumor de la lluvia son tan plácidos que no tardo en dormirme también.

Me despierto a medianoche, sediento. Afuera no ha parado de llover. Con cuidado, sin hacer ruido, me levanto de la cama y atravieso el departamento por un vaso de agua. El piso enfría mis pies descalzos, y en las paredes blancas se trazan siluetas inquietantes al estallar un relámpago. Escucho los sonidos huecos de mis pasos que hacen temblar el piso del departamento, como los truenos que sacuden los ventanales. Al llegar a la cocina enciendo la luz y busco a tientas un vaso en la alacena superior.

Cuando mis dedos tocan el borde de uno, siento un piquete y rápidamente retiro la mano, arrastrando conmigo el vaso que se estrella en el piso. Retrocedo, apretando mi mano que arde punzante, y veo salir de la alacena a un alacrán negro que se escabulle por un recoveco. Mi mano se hincha, y la sed se agrava mientras me mareo. ¿Qué pasó?, me pregunta Marcela, que se ha despertado consternada. Se me cayó un vaso, le respondo con dificultad, incapaz de tragar mi saliva, como si el mismo alacrán estuviera atorado en mi garganta. ¿Y tú mano, qué le pasó a tu mano? Nada, le digo, sólo me corté al intentar recoger los vidrios, en serio, no es nada. Volvamos a dormir.

Encobijado, sudo como si tuviera fiebre, como si mi piel abriera sus poros para deshacerse del veneno. Un hormigueo recorre mis extremidades y se me agita la respiración. Marcela junta su cuerpo al mío, y con su mano recorre mi vientre hasta asir mi miembro. Lo acaricia, lo hincha, pero yo cierro los ojos, sin hacerle caso, esperando que cese el malestar.

Las horas pasan pausadamente. Marcela duerme. Noto algo distinto en la habitación, mas no logro saber qué es. Quizá sea producto del silencio que se apodera del cuarto al detenerse la lluvia, haciéndolo parecer más grande, vacío. O sólo es mi cabeza que punza por el envenenamiento, por la falta de sueño. De pronto, un ruido; algo se desliza en el piso. Me parece ver una sombra cruzar la habitación. Intento levantarme. El cuerpo no me responde, ni siquiera puedo mover un solo dedo. Hundido en la cama, aguzo el oído; tiemblo cuando la respiración de Marcela se acelera. Ella comienza a moverse, a contorsionarse. De sus labios salen gemidos y se descubre, aún dormida, revelando la desnudez de su cuerpo níveo. Pasa sus manos delgadas sobre sus senos, endureciendo sus pezones. Gime, gime más, sin que mi miembro crezca, paralizado. Miro con horror sus muslos, al alacrán negro que los recorre hasta llegar a su sexo. Ahí se prende de sus vellos, y ella, mientras hunde al alacrán entre sus piernas con sus manos, grita dolorosamente mi nombre: ¡Arturo!

Un trueno me despierta. Marcela aún duerme bajo las cobijas, plácidamente. Trato de recomponerme. Mis manos tiritan como si todavía estuviera soñando. Estoy inquieto, cada trueno me sobresalta. Necesito un calmante. Entonces recuerdo la botella de vino que tenemos guardada en la cocina por si algún día nos llegan visitas. Voy por ella, con los zapatos puestos por si el alacrán intenta picarme los pies. Descorcho la botella y me asomo al ventanal de la sala.

Afuera, las calles mojadas resplandecen bajo los postes de luz, sin que pase ningún auto veloz. Bebo el vino y un calor reconforta y abre mi garganta; espiro y el vidrio se empaña con mi vaho. El dolor de mi mano disminuye gracias a los tragos y mis nervios se apaciguan. A pesar de los truenos, la lluvia desciende afablemente sobre el parque de enfrente. Pienso que si fumara, este sería un buen momento para hacerlo. Le doy un sorbo a la botella como si chupara un puro y enjuago mi boca con el vino. Me pregunto cómo pude sobrevivir tanto tiempo sin alcohol, cómo pude ignorar sus propiedades analgésicas. La culpa por haber abandonado a mi familia, la pena de haberme venido precozmente en Marcela, se va desvaneciendo, como las gotas que se escurren en la ventana. Pero me engaño: cuando la botella queda vacía no hay más que desolación.

Las mañanas siguientes me sorprenden con los nervios destrozados, despierto con jaquecas en la nuca que me abruman a lo largo de los días. Mi cerebro pulsa como si tuviera el aguijón del alacrán enterrado; es una punzada, resultado del veneno que ha inflamado mis nervios. Paso las horas de clases recuperando el sueño que pierdo en mis noches de insomnio. A veces el dolor es demasiado y acudo al servicio médico de la universidad, donde el doctor me facilita unas aspirinas y me recomienda que vea a un especialista. Mis ojos hinchados me delatan, y cada día son más los compañeros que se preocupan por mi estado de salud.

Los únicos momentos de alivio que tengo ocurren los fines de semana. En las tardes Marcela y yo damos paseos por los parques de la ciudad. Caminamos durante horas bajo el cielo plomizo, hasta el anochecer cuando, cansados, entramos en un bar del Centro. Solemos sentarnos en la terraza. Ahí los dolores y las migrañas que me han fatigado a lo largo de la semana desaparecen con el primer sorbo de cerveza. El cansancio se transforma en un aliento de vivacidad. Bebo en silencio, gozoso, aliviado por haber mitigado con el alcohol el veneno que intoxica mi cuerpo. No he podido deshacerme del alacrán, me atormenta en las noches en que Marcela quiere envolver mi cuerpo, paralizándome con el eco de su andar, agravando mi sed.

Una tarde de octubre hacemos nuestro recorrido habitual por el parque; con los brazos enlazados, caminamos sobre las hojas marchitas que, frágiles, no han soportado las ráfagas gélidas que tienen arrebujada a Marcela en su abrigo gris. Sus mejillas están resecas por el clima. Cada que un ventarrón remueve sus cabellos, ella oculta su cara pegándola a mi hombro y mete sus manos frías en mi chamarra. A lo largo de los senderos del parque, no dejo de sentirme incómodo cuando veo sentadas en las bancas a las parejas que se acarician y besan, apretujándose hasta que sus pieles se tiñen de un rojo intenso. Avergonzado, inclino la cabeza hacia el suelo, machacado por las nubes apagadas de otoño, por la frialdad que recorre mi cuerpo, dejándolo incapaz de calentarse tan siquiera una vez con el cuerpo de Marcela.

Después de nuestro paseo en el parque nos internamos en las bulliciosas calles del Centro. Siguen atiborradas de gente a pesar del frío que se ha intensificado por la ligera llovizna. Camino más a prisa, agarrando la mano de Marcela, abriéndonos el paso entre la muchedumbre. Quiero llegar al bar antes de que se desate la tormenta, pero esta cae cuando nos encontramos a tan sólo unas cuadras de distancia. Nos refugiamos en el pórtico de una iglesia cuyas columnas de cantera gris están cubiertas de pátina. Un trueno estalla y su estrépito entra en la iglesia espaciosa, retumbando entre sus naves.

Más gente comienza a resguardarse bajo el arco, llegan empujando, estrujándonos hasta que nos meten dentro de la iglesia. Al entrar, los ojos de Marcela se abren, reflejando el oro del sagrario iluminado por la luz débil de los cirios. Rosas blancas decoran el presbiterio y las bancas ocupadas por personas que miran sonrientes hacia el altar. Frente a este el sacerdote da misa, mientras unos novios escuchan atentos sus palabras, con las manos entrelazadas. Qué hermosa es la novia, susurra Marcela maravillada mientras toma mi mano. La contempla risueña, como lo hacen todas las mujeres en la iglesia, perdidas en no sé qué esperanzas. A mí se me hace tan lejana la escena que transcurre en el altar principal. Mi mirada se va perdiendo entre las pinturas y los altares, hasta que se detiene en un retablo; desde él me ve un Cristo tallado en madera con la cabeza caída, arrodillado, atado a una columna, con el cuerpo torcido cubierto por heridas y sangre. Inclino la cabeza para verlo mejor; sus pupilas son pesadas y oscuras, su delgada boca entreabierta deja escapar el dolor de su martirio. Suplica, pide mi ayuda, quiere que lo desate, de la columna, de su destino que termina en la cruz impuesta por su padre. No hago nada, soy incapaz de brindar o brindarme la salvación.

En el nombre del Padre, y del Hijo…, murmura una señora empapada que se ha postrado ante el Cristo torturado. También los novios se han arrodillado frente al altar mayor mientras el sacerdote alza la patena con la hostia, después hace lo mismo con el cáliz en el cual ha vertido vino y agua. Escucha, me dice Marcela. Y oigo el órgano tocar el Ave María, el canto, la oración que debería sosegar. En el altar, la novia recibe la hostia a la vez que el novio bebe del cáliz. Entonces las bancas crujen al levantarse la gente que recibirá la eucaristía. Espérame aquí, me pide Marcela antes de caminar hacia la fila que se ha formado detrás de los novios. Nunca había presenciado una boda. En mi pueblo hay al menos una cada fin de semana. A mis abuelos siempre los invitan, a mamá también, pero ella nunca deja su trabajo para acudir a fiestas. Mi abuela antes me decía que la acompañara, pero nunca me interesó. No le encuentro sentido al sacramento del matrimonio. Antes de que falleciera mi padre, subí a su cuarto, que está arriba de nuestra capilla, detrás de la casa. Ahí vivió sus últimos años. Sólo poseía una cama individual cubierta por andrajos. Guardaba grandes alteros de cajas de cartón y cachivaches. Cuando yo era niño, él ya tenía esa costumbre de coleccionar basura; solía colmar la mesa del comedor con periódicos viejos y cartas sin importancia. Hurgué entre sus pertenencias, buscando algún dibujo mío que le regalé en la infancia, recuerdo de una época lejana, de la vida que tenía antes de llegar a Oaxaca. En su lugar encontré, en una de las cajas, un retrato descuidado de mis padres. Mamá vestía su traje de bodas; pálida, no sonreía, aunque tampoco se veía infeliz. En su mirada noté un dejo de ingenuidad, muy distinta a la mirada resignada que tiene hoy en día. Mi padre por el contrario sí sonreía; robusto, posaba con orgullo. En ese momento, sosteniendo la fotografía, imaginé a mi padre como un espectro, un rumor funesto de lo que alguna vez fue; para ese entonces él ya había perdido su peso, no era más que un cuerpo enflaquecido que vagaba de vez en cuando en el patio, para luego desaparecer en alguna cantina del pueblo. Un fantasma de padre, de marido. También encontré una foto de su luna de miel en el Gran Cañón; en ella mis padres se besaban. Sentí repulsión al verlos así, tan distintos. Arrugué la foto y salí del cuarto húmedo, sin comprender para qué se habían casado.

En el altar mayor, Marcela es de las últimas personas en recibir la hostia. Cuando ella regresa a mi lado, el sacerdote comienza a hablar sobre la paz y proclama: La paz del Señor esté siempre con vosotros. Y con tu espíritu, responden los fieles. Daos fraternalmente la paz, ordena el sacerdote. Entonces los feligreses se levantan y se dan la mano, salvo la señora que permanece inclinada ante el altar del Cristo de la Columna, rezando en silencio. La tribulación en la que está sumergida la mantiene ajena a lo que acontece a su alrededor. Una sola lágrima se derrumba sobre su rostro moreno y agrietado. Quiero acercarme a ella y decirle algo que la reconforte, pero antes de que pueda moverme, Marcela me da la mano y me envuelve en un abrazo. La paz, susurra ella mientras su piel roza la mía y siento lo bien que cabe su cuerpo delgado entre mis brazos.

Afuera ha escampado, la gente congregada en el portal comienza a dispersarse. Nosotros nos quedamos hasta el final de la misa ya que Marcela quiere ver salir a los novios. Después vamos a la terraza habitual donde pido enseguida un tarro de cerveza y una copa de vino para Marcela, cuyo rostro no ha cesado de resplandecer ilusión desde que entramos en la iglesia. Bebo nervioso mi tarro mientras ella habla del vestido de la novia, los arreglos florales y dónde se imagina que irán los recién casados en su luna de miel. Arturo, tú sabes cómo se conocieron mis padres, me dice de pronto, pero nunca me has dicho cómo se conocieron los tuyos. Cuéntame, ándale. No sé, le respondo, nunca me contaron. Y no miento.

Conozco de memoria la historia de los padres de Marcela, la escuché en una de las comidas que hacen con sus familiares frente al jardín de su casa: se conocieron en la preparatoria, al igual que nosotros, ambos se fueron a vivir a la Ciudad de México para estudiar la universidad, y después de haberse graduado decidieron casarse. Recuerdo el rubor que se apoderó de mí cuando la mamá de Marcela me guiñó al terminar su marido de relatar la historia. En seguida mis manos sudaron; temí que me preguntaran acerca de los míos. Yo nunca escuché de boca de mis padres ni siquiera la fecha en que se casaron. Lo único que sé es gracias a un compadre de mi familia que en su borrachera me contó lo siguiente: que mi padre, después de pasar su adolescencia con sus padrinos en el gabacho, regresó al pueblo. Una tarde fue con sus primos a la miscelánea que tenía mi abuelo materno. Era una tienda pequeña con un refrigerador horizontal de vitrina y un mostrador viejo de madera donde guardaba el dinero. Los señores que regresaban de cortar leña en el cerro solían entrar y beberse uno o dos mezcalitos. Mi padre y sus primos tomaron asiento en la única mesa que había y se pidieron unas cervezas. Fue ahí donde vio por primera vez a mi madre, que seguramente ayudaba a mi abuelo a atender el negocio. A partir de ese día mi padre iba a la tiendita a tomarse una cerveza todas las tardes, en ocasiones acompañado por sus primos o compadres, solo la mayoría de las veces. Platicaba con mi madre hasta el hartazgo, hasta que al cabo de unos meses se casaron. De inmediato se la llevó del pueblo, se fueron a vivir a los Estados Unidos, suceso que mi madre resentiría con el tiempo al irse desilusionando de su marido...

¡Arturo!, llama Marcela, Arturo, ¿en qué piensas? En nada, le aseguro. ¿Sabes?, me dice, he estado pensando... ¿por qué no nos vamos a la playa? ¿A qué?, le pregunto sin interés, observando estallar las burbujas de cerveza. Ella me dice que para salir de la ciudad. Piensa que el clima templado no me está haciendo bien. Cuando le pregunto exactamente a qué se refiere, me confiesa, después de meditarlo en silencio, que cree que sufro de depresión. Piénsalo, me dice mientras toma mi mano, podemos irnos a una playa de Jalisco o donde sea, una, dos... las semanas que sean; será como la vez que fuimos a Huatulco. Nos imagino sentados en la orilla del mar, la espuma blanca mojando nuestros pies, la brisa y la humedad que encresparían su cabello oscuro, el sabor a sal que cubriría sus labios, la paz... No, le digo tajante, yo estoy bien aquí.

Ordeno otras cervezas al mesero. Las bebo con más

calma, mirando a la gente que transita por debajo. Marcela ha sacado una cajetilla de su bolsa; enciende un cigarro y exhala el humo. Fuma dos, después, al borde del llanto, me dice que está preocupada por mí: ¿Cuánto tiempo piensas seguir así?, no es normal que tomes tanto, primero pensé que lo era, que se trataba tan sólo de una fase... ¿Por qué no nos vamos?, estamos a tiempo... Sus palabras me llegan desde una lejanía, como los pasos de quienes caminan abajo en la calle, como la imagen de mis padres frente al altar. Una sonrisa comienza a trazarse en mi rostro, una sonrisa estúpida, ebria. ¿Te gustó la boda?, balbuceo, a mí no, me pareció ridícula, todas las bodas lo son. Me acerco a ella y le pregunto, mirándola a los ojos: ¿Para qué quieres que vayamos a la playa?, ¿para qué quieres que deje de tomar?, ¿qué esperas que ocurra después, que nos casemos como tus padres? Un ataque de risa me posee, risas desconocidas y crueles suben por mi sangre hasta la sien. Las escucho incrédulo, asustado de oírlas provenir de mí. Marcela me mira aterrorizada, al igual que los demás clientes. No soy yo, les grito. Intento callarme, me cubro la boca con la mano, pero es inútil: el veneno del alacrán, pienso.

Salgo corriendo del bar, sin mirar atrás para ver si Marcela me sigue. Me pierdo entre la muchedumbre que pasea a lo largo y ancho de la calle. Escucho lamentos que proceden de una aglomeración de personas en una esquina. Ay, mis hijos, solloza alguien entre la multitud, hijos míos... Me acerco y descubro a una mujer en un vestido blanco rasgado, con el rostro pintado de Catrina, desencajada, cubierta por una mantilla. De pronto se abalanza sobre mí, rasguña mi pecho llorando con exageración: ¿A dónde irán, a dónde los podré llevar para que escapen de tan funesto destino? Rechazo a la mujer de un empujón, y sin embargo soy yo quien cae en un charco al resbalar en una losa mojada. La gente que mira el espectáculo de la mujer disfrazada me señala y reproduce las risas que me habían asaltado en la terraza, multiplicadas, histéricas. De entre las sombras que se mofan de mi caída escucho mi nombre, un llamado: Arturo, hijo mío.

La frialdad de la banca me despierta. Con pereza abro los ojos. Veo el cielo encapotado que con el amanecer se torna azul. Distingo, entre el relente que se dispersa, el contorno de los pinos, altos, de troncos enjutos. Detrás de los árboles, unos edificios grises se erigen como una hilera de lápidas. Hoy tampoco habrá sol. Me incorporo en la banca y siento mi cerebro hinchado moverse dentro de un líquido. Paso los dedos sobre mis labios secos, sobre la barbilla con sus míseros vellos sin rasurar. Tengo el cabello seboso y enredado, al tratar de arreglarlo mis manos quedan grasientas, con un olor a manteca rancia. Hoy tampoco regresaré a casa.

Una pareja de corredores pasa frente a mí, con su perro leal, que los sigue. A pesar de que alborea, el frío permanece igual. Meto las manos en mi chamarra y descubro una petaca en un bolsillo; está vacía. En el otro hallo un puñado de billetes arrugados. El ventarrón que sacude los árboles me advierte que no tardará en volver a llover. Antes de irme, contemplo el edificio que tengo delante. La luz de la ventana del quinto piso se ha encendido. Adentro, una silueta trajina; de pronto deja sus tareas y se asoma a la ventana. La figura pegada al ventanal me sobresalta, cubro mi rostro y me agacho: Marcela se asustaría si viera mi aspecto demacrado.

Abandono el parque, que es una gran fosa en medio de la ciudad, sin esperar a que ella salga del edificio. Cruzo la avenida tratando de contar los días que han pasado desde la última vez que nos vimos en la terraza del bar. Reviso los bolsillos de mi pantalón y siento alivio al saber que no he perdido las llaves del departamento. Camino sin saber a dónde ir, sin que la borrachera merme y dé paso a la resaca. En una tienda compro una cerveza y me encamino a la universidad.

Entro en una pensión para estudiantes, cruzo el zaguán y busco el cuarto de un compañero de la escuela. Toco la puerta. Cuando abre me mira con extrañamiento. Me saluda y me invita a pasar. Tengo que ir a clases, me dice, pero puedes quedarte aquí en lo que regreso. Se va y yo destapo mi cerveza; le doy un sorbo, luego me arrellano sobre la cama y duermo. Mi compañero regresa hasta la tarde. Me despierta el ruido que hace al azotar la puerta. Al principio no sé dónde estoy, tengo la visión nublada, pero poco a poco voy identificando el cuarto estrecho y el rostro de mi compañero. Él trae consigo un paquete de cervezas y toma asiento en su pequeño escritorio. Me pregunta cómo he estado. Vuelvo a tomar la cerveza que destapé en la mañana, ahora tibia, y le respondo que bien. Yo no tanto, me responde, me ha estado costando mucho trabajo este semestre. A todos, le aseguro. Sobre su escritorio hay una botella de vodka casi llena. ¿Y esa botella?, le pregunto. Ah, sobró de una fiesta. ¿Quieres un trago?

Cuando salgo de la pensión, es de noche, una noche oscilante. Sostengo con dificultad la botella de vodka y fracaso en mis intentos por evitar los charcos negros de la calle. Mis zapatos se hunden en su agua turbia, empapando mis calcetines, y la piel de mis pies se arruga. Al menos ya no siento el cuerpo helado, soy inmune a la llovizna y al viento que la restriega contra mi cara. Me acabo lo que resta del vodka para avivar la llama que me mantiene caliente.

Llego al parque y desciendo en él como si bajara a una tumba antigua, silenciosa y húmeda. Avanzo por los senderos enredados, custodiados por réplicas de ídolos prehispánicos. Reconozco uno de ellos; lleva un penacho en cuyo centro tiene tallado la cara de un jaguar. Detrás de él hay un letrero: Cultura Zapoteca. Permanece, mirándome con sus ojos rasgados, fijo, seco; la frondosidad de los árboles nos refugian de la lluvia.

Vuelvo a caminar, buscando la banca donde amanecí. Cuando la encuentro me tumbo sobre ella, fatigado. No logro conciliar el sueño; podría seguir bebiendo. Distingo con claridad cada ruido nocturno, el andar de las ratas sobre las hojas marchitas, los taconazos de las travestis, la jerga de los vendedores de mota. No me asustan. Una patrulla ronda alrededor del parque, iluminando los arbustos con su luz roja y azul. Yo sólo me arrebujo en mi chamarra, esperando a que pase. La tormenta se manifiesta, sacude los árboles, estremece con su silbido los tímpanos. La lluvia se filtra desde las copas de los pinos, mojando los ídolos que adquieren un semblante lúgubre. Un relámpago estalla y su luz, por un instante, ilumina una mujer de piedra. Antes de que se escuche el trueno, oigo un llanto provenir de ella. Me levanto de la banca y huyo de los llantos que no cesan. Atravieso el parque boscoso, la calle que colinda con él; entro a mi edificio y subo a mi departamento. Mi pantalón gotea y deja un charco en medio del ascensor. Al encontrarme frente a mi puerta detengo mi prisa; sigilosamente meto la llave en la cerradura. Abro con cuidado, evitando que rechinen las bisagras, y entro.

La sala es un abismo, aunque hiciera el mayor ruido posible, el sonido se perdería en él, como la luz mortecina que se asoma desde la recámara al pasillo. Antes de que mis ojos se acostumbren a las tinieblas, aparece delante de mí una chispa, rojiza e inquieta.

Sentada en el sofá, Marcela espira la bocanada de humo de su extinto cigarro. Puedo vislumbrar los rasgos abatidos de su rostro, la tristeza con la que muerde sus labios, los ojos entornados. Mira hacia la ventana como si estuviera esperando algo, pero no hay nada más que un paisaje hundido y distante. A su lado, sobre el sofá, hay una bola de estambre y las agujas de crochet que le regaló su abuela. Marcela abre su cajetilla de tabacos y extrae uno, encendiéndolo con mano trémula. El cigarro reposa nervioso entre los dedos de Marcela, y ella vuelve a mirar hacia la ventana. El humo, que exhala con suspiros, se extiende por la habitación como el relente del parque; enfría el alma. La miro chupar el filtro como una aparición. El ritmo pausado con el que fuma me serena, me hace dudar si estoy despierto.

Permanezco de pie, tembloroso a causa de la ropa mojada, sin saber qué decir. Ella me mira de soslayo, a la expectativa; las sombras ahondan sus párpados y realzan sus pómulos, agravando su semblante de reproche, de decepción. No lo soporto y bajo la cabeza, como niño regañado. De entre la humareda resuena la voz de Marcela: Te hice una bufanda, dice al señalar la mesa donde reposa un cenicero, la tejí mientras te esperaba. Recojo con torpeza la bufanda, al tiempo que tiro una taza y el café se derrama. Me la enrollo y poco a poco va secándome el cuello. La mancha de café se agranda hasta derramarse de la mesa.

Gracias, quisiera decirle, pero me apena que me oiga balbucir. He estado viniendo aquí cuando puedo, continúa Marcela. Primero me la pasaba todo el día esperándote, sin ir a la escuela, hasta que mis amigos y maestros comenzaron a preocuparse por mí. Un día vino mi hermano a verme y dijo que no podía continuar así, que me fuera a vivir con él. No supe qué hacer, qué tal si un día al fin llegabas y necesitabas ayuda, de mi ayuda. Pero decidí irme con mi hermano. Sentada aquí sola, frente a ese parque horroroso, me di cuenta que a veces tú me das miedo.

Sostiene su cigarro entre los dedos a pesar de que se ha apagado desde hace rato. Las cenizas han caído sobre el charco de café que rodea sus pies. Sé a qué sabe esa combinación de tabaco quemado y café frío; es la misma amargura que saboreo en mi boca, una aspereza que no me permite decirle a Marcela que no me tema, que ella tenía razón, que mis borracheras son sólo una fase, que sí quiero irme con ella a la playa: que me perdone. Acaricio el estambre de la bufanda como si rozara la palma de su mano, abrazo los extremos y hundo mi barbilla en ella. Sólo quería verte llegar a salvo, dice Marcela con gran pesar, un pesar que me humedece los ojos. Tengo sed, le digo con voz resquebrajada. Ella se levanta lentamente y, como un fantasma, atraviesa la sala. Entra en la cocina y regresa, entregándome un vaso lleno de agua: Ya no tomes, Arturo, no te hagas más daño. Entonces recoge sus pertenencias, las guarda en su bolsa y camina hacia la salida. Dejo el vaso sobre la mesa sin darle ni un sorbo y corro tras ella. Cuando la alcanzo, la abrazo, la atraigo hacia mi pecho para que sienta mis palpitaciones. Al pegar mi mejilla con la suya, sus lágrimas mojan mi piel. La beso, bebo de su saliva que sabe a tabaco, de sus labios que me rehúyen. No, me dice ella, y me aparta.

La veo salir del departamento. Intento seguirla, pero la puerta se aleja con cada paso que doy. Me vuelvo presa de un ataque de arcadas; con dificultad logro cruzar el pasillo tambaleante y llegar al baño. Vomito sobre el lavabo, un líquido amarillento que apesta a licor. Mi sudor también apesta a licor, todo apesta a licor, incluso el agua con la que, después de toser sin volver a vomitar, me lavo la cara. Fulminado, me seco con uno de los extremos de la bufanda, y, al verme en el espejo, descubro la silueta de mi padre, su sombra que cae sobre mí, hundiéndome en su negrura.

Es el frío lo que me despierta, el frío que ha quedado atrapado en el departamento tras la ausencia de Marcela, frío de un invierno ya olvidado. ¿Cuánto tiempo ha pasado desde que se fue? Despierto acurrucado sobre el sofá de la sala, temblando, a pesar de la bufanda que siempre traigo puesta, y del rayo de luz que entra por la ventana. Afuera brilla un cielo despejado; me molesta, deslumbra mis ojos cansados, secos de tanto llanto. No he llorado desde hace meses, o no lo recuerdo, porque es posible que haya llorado anoche.

Quisiera correr las persianas y esconderme del sol, pero éstas han desaparecido. Me levanto del sofá y observo el tiradero: las manchas pegajosas en el piso, las botellas de cerveza vacías sobre la mesa, el cenicero con los últimos cigarros que se fumó Marcela, el vaso de agua que me dio... Voy a la recámara para seguir durmiendo, pero al cruzar el umbral veo que la ventana está rota. Entonces recuerdo la razón por la que me he estado durmiendo en la sala, las noches gélidas, el relente que penetra en las madrugadas y humedece las colchas, los sudores fríos. De lo que no me acuerdo es cómo se rompió la ventana; los pedazos de vidrios caídos siguen en el piso, filosos. Una imagen distante, borrosa, se deja entrever al contemplarlos; alzo mi playera y descubro una cortada ya cicatrizada que sube por mi abdomen. Miro hacia el techo, y más que un suspiro, dejo escapar de mi boca un vaho etílico que se dispersa.

Cierro la puerta de la recámara y tomo asiento frente al desayunador, hundiendo mi cara entre mis manos: quisiera desear estar muerto. Una y otra vez he intentado dejar de emborracharme, me lo he prometido: Dejarás el alcohol y buscarás a Marcela. Lo logro, por algunos días; asisto a clases, me alimento con regularidad, regreso sobrio a la soledad de mi departamento... aunque nunca llego sobrio a la noche del viernes.

Compro mis cervezas y mis licores para poder sobrevivir el fin de semana como si se tratara del fin del mundo. Es una soledad tremenda, insoportable. Y el alcohol va cortando mis venas, infectando mi sangre, inflamando mis órganos... Hay noches en que me parece que tocan tres veces la puerta y me sobresalto y derramo la cerveza. Es Marcela, me digo casi gritando, y corro hacia la puerta, pero no hay nadie del otro lado. Decepcionado, me emborracho hasta la inconsciencia.

Sin haber fallecido, amanezco en el infierno al otro día. Los escalofríos hacen que abra los ojos y me enfrente a una realidad distinta a la de mis sueños, porque sueño con una vida menos solitaria. Imposible desayunar para aplacar la cruda; apenas si puedo beber un mísero vaso de agua. No hay cura. Entonces me pongo a pensar en Marcela, me la imagino sentada en el sofá, mirando hacia ese parque que parece cementerio. Me imagino sus piernas, sus muslos, sus nalgas blancas; y me masturbo. Me masturbo en medio de la sala, recordando sus gemidos, su saliva. Quisiera escuchar su voz de nuevo, que me dejara un chupetón eterno. Y me vuelvo a masturbar, incesantemente, para venirme y así, por unos instantes, poder mitigar el dolor de cabeza y mi ansia por hacer perpetua la borrachera. Aunque mi mano y mi memoria sólo sean tristes sustitutos.

Pero hoy no puede ser así; hace unas semanas, en lo que yo suponía un sopor, otro de mis desfallecimientos, sonó el teléfono. Al contestar escuché la voz melosa, aunque reservada, de Marcela. Me invitó a su graduación, dijo que quería que yo estuviera ahí. Le respondí que iría, y no colgué sino hasta después de un largo rato, estaba atónito.

Bebo con esfuerzo un vaso de agua, controlando las arcadas. Me baño y arreglo, estreno un traje que había comprado para la ocasión, aunque me cuesta hacerme el nudo de la corbata. Creo que estoy presentable, hasta elegante. Sólo me falta ponerme unas gafas oscuras para protegerme del sol de la primavera.

Afuera, en una de las esquinas del parque, hay un puesto de flores. Tienen gardenias, lirios, rosas de distintos colores, margaritas... Pero son los capullos de los tulipanes amarillos los que llaman mi atención. Alguna vez le compré a Marcela un ramo de esas flores, creo que fueron las primeras flores que le regalé. Le pido cinco tulipanes al vendedor y le entrego un billete arrugado. Orgulloso, camino por las banquetas sosteniendo mi ramo, sin prestarle la menor atención a los anaqueles repletos de licores de las vinaterías.

Al llegar a la universidad, donde habrá una breve ceremonia para después proceder a la misa y la fiesta, tardo en hallar a Marcela. Deambulo por los jardines, aquejado por el sol y la muchedumbre de invitados. En una mesa, colocada en uno de los costados, comienzan a servir las copas de vino que se ofrecerán al concluir la ceremonia. Me acerco y tomo una. Saboreo el vino mientras contemplo los tulipanes, parecen que han comenzado a marchitarse. Las flores están cerradas, y su amarillo palidece ante los llamativos arreglos que han traído los demás asistentes; me avergüenzo. Tomo otra copa. El cuello de mi camisa comienza a humedecerse por el sudor que recorre mi nuca. Si tan sólo hubiera comprado un traje gris y no uno negro.

Cuando al fin encuentro a Marcela, ya me he aflojado el nudo de la corbata. Ella está con sus padres y su hermano. También veo a algunos de nuestros viejos compañeros de la preparatoria. Marcela luce más bella que la última vez que la vi, se ve más ligera y su vestido turquesa, que deja al descubierto sus brazos tersos, le queda bien, resalta su figura esbelta. Está feliz. Y de pronto me agobia la náusea. Busco el baño para lavarme la cara.

Ahí, frente al espejo, después de quitarme las gafas, me doy cuenta de mis ojeras que son dos pozos sin agua, de mi traje desarreglado, de los calcetines blancos que traigo puestos y del aspecto paupérrimo de mis zapatos sin bolear. El ramo de tulipanes se ve ridículo a mi lado. Lo dejo sobre el lavabo y busco cómo salir de la universidad. En mi sala no tarda en morirse el sol con el crepúsculo, se va sangrando, dejando un rastro de hilos rojos. Huye herido, derrotado. Sentado en el sofá observo el vaso que reposa sobre la mesa, el vaso de agua que dejó Marcela. En mi pueblo tienen la creencia de que si se deja un vaso lleno de agua durante la noche, este absorbe las malas energías. Pero no me decido a tirar el agua por miedo, sino por fastidio. ¿Por qué no ha venido Marcela a ver si me lo he tomado? Me deshago del agua regándola sobre el piso. En su lugar, lleno el vaso de whisky que compré de paso en una vinatería.

Oscurece. Antes de que pueda darle un trago al licor, tocan la puerta tres veces, con calma. Pero esta vez no me sobresalto, no me emociono al imaginar a Marcela tocando. Bebo en paz. De nuevo soy testigo de cómo todos los días acaban igual, de las sombras que bajan al parque, del desasosiego que trae consigo la claridad del cielo nocturno que fulgura, reflejando las luces de las calles tan transitadas. Tanta luz, tanta gente, y sin embargo no se atisba ni una sola estrella. Es más fácil distinguir el alacrán negro que recorre la mesa entre la penumbra. Me acerco y coloco mi mano sobre la superficie, esperando que al cruzarla el alacrán me entierre su aguijón y, quizá con su veneno dentro de mis venas pueda desear la muerte. Pasa de largo, sin prestarme la menor atención.

A un año de la muerte de mi padre, regreso al pueblo. Llego en la noche. Al descender del taxi mi zapato se hunde en un montón de polvo; lo siento caliente, como el aire. Las estrellas refulgen en lo alto, y entre el firmamento y la tierra resuenan los ladridos de los perros. Me detengo frente al portón de mi casa y observo la fachada; luce descuidada, la pintura se ha desvaído por los azotes del sol, aunque alguien se ha tomado la molestia de quitar el moño de luto que colgaba ahí desde el entierro.

Entro en mi casa como si nunca me hubiera ido. Permanece impasible ante el transcurrir del tiempo, quieta en su soledad. Las luces de la cocina están encendidas. Me asomo por el umbral y encuentro a mi madre durmiendo en una silla. No la reconozco al principio; su piel tiene un extraño color amarillento que, bajo los focos de luz blanca, adquiere un aspecto enfermizo. Los contornos de sus ojos están hinchados, como los de un briago después de una noche de parranda. No percibo el olor del alcohol. Recostado sobre la pared, la contemplo, a ella, a mi madre.

Tarda en despertar, y quisiera que tardara más; abre sus ojos que se deslumbran y se desconcierta al verme. ¿A qué hora llegaste?, me pregunta, ¿por qué no hablaste para que fuera por ti? Consternada como siempre, se levanta con dificultad y abre el refrigerador. No te preocupes, le respondo, tomé un taxi en la terminal de autobuses. Saca un pedazo de carne y enciende una hornilla: Ya sabes que no tenemos comida aquí, pero te traje un poco de tasajo y una tlayuda del restaurante para que cenes. Sobre otra hornilla coloca la tlayuda al fuego vivo y le va dando vueltas para que no se tizne: ¿Y ahora, por qué te viniste solo? ¿No va a venir Marcela este verano? Niego con la cabeza y le digo que como ya se graduó, ahora trabaja, y no tiene las mismas vacaciones que antes. Miento. Siéntate pues, ordena mi madre.

Mastico en silencio la carne delgada y salada, agradable, de un sabor hogareño, mientras mi madre me mira comer, con sus ojos que, a pesar del cansancio que los mantiene hundidos, logran manifestar un dejo de brillantez.

¿Qué tienes?, le pregunto. En su semblante se asoma una pena, como si le avergonzara responderme. Entreabre la boca y, con una voz apocada, me cuenta que tiene anemia. ¿Anemia?, le pregunto, incrédulo, pero si tienes un restaurante. Sí, me dice, ya voy a comer mejor. Es que ya no deberías trabajar tanto, le digo. Es por eso que te quería pedir un favor, Arturo, si pudieras ayudarnos este verano, con que estés en el restaurante y te fijes que se cobren las cuentas, con eso nomás...

Accedo, y antes de que pueda preguntarle más acerca de su enfermedad se oyen unos trotes de caballo provenir desde la calle. ¿A estas horas hay alguien cabalgando?, le pregunto sorprendido a mi madre, cuyo rostro amarillo de pronto se torna blanco. Me espanta que se vaya a desmayar y me acerco a ella: ¿Estás bien, mamá? ¿Mamá?... Desde que te fuiste, me cuenta inmóvil, mientras apaga su voz para que ni un bisbiseo logre fugarse de la cocina, ese ruido se ha escuchado todas las noches a esta hora. Es Rey, eso dice la gente. Hace unos meses hallaron al señor Checamorra entre la maleza, muerto, tieso como un perro hinchado, y blanco como si le hubieran echado cal encima. Murió de susto. Unos dicen que fue porque se encontró a la Matlacihua, pero ella no anda a caballo. De seguro vio a Rey mientras cruzaba el río, lo vio y no pudo seguir viviendo.

Los relinchidos y el sonido de las herraduras, que raspan desquiciadas el pavimento agrietado de las calles, persisten hasta después de que acabo de cenar, retumban entre las paredes de mi casa mientras subo a mi habitación.

Recuerdo la época en que conocí a Marcela, el cielo de antaño que era más claro; abro un cajón del escritorio y hurgo entre mis pertenencias. Escondido en una libreta, encuentro una foto tamaño infantil de Marcela; por detrás viene escrito, con su letra, su nombre y la fecha en que me la regaló: la contemplo como si mirara a través de una neblina, de humo de tabaco, como el de la sala de mi departamento, cuando la imagen de Marcela comenzó a difuminarse... Guardo la foto en mi cartera y abro las puertas del balcón para escapar del aire denso que sofoca la habitación.

Afuera, los perros han sido silenciados por la marcha del jinete. Me recargo sobre el barandal y observo la cúpula de la iglesia que se asoma tímidamente sobre las copas de los árboles. Entonces oigo unos pasos que recorren con apuro el callejón que hay debajo de mí. Desde el balcón logro distinguir a dos señoras que avanzan muy juntitas, como para no perderse; una de ellas, con voz queda, le dice a la otra: Date prisa, Celestina, que aquí espantan. Al oír estas palabras mi corazón se comprime y un debilitamiento repentino me obliga a asirme del barandal para no caer de rodillas: recuerdo claramente el verano anterior, las noches que pasé insomne en mi cama, las oraciones del novenario, el estrépito de un hombre que está por verter sus entrañas. Acongojado, cierro las puertas de mi balcón y salgo hacia las calles nocturnas del pueblo.

Deambulo como deambulé en las noches del novenario, con el mismo cansancio. Sólo que ahora no me topo con nadie en las calles, nadie que me dé las buenas noches; han de temer un encuentro con Rey, pero yo no. A lo que temo en realidad es a la posibilidad de que no haya una sola cantina abierta. Pero las hay; son la única prueba, con su jolgorio y las luces que se escapan de sus puertas de vaivén, de que este pueblo no ha muerto.

Entro en la menos concurrida y me pido un mezcal. Me emborracho hasta que los rumores de Rey desaparecen, y regreso a casa cuando un borracho, con la camisa empapada de cerveza derramada por su propia mano torpe, me reconoce y se acerca diciéndome: ¡Ey!, tú eres el hijo del difunto Ausencio, ¿Arturito, verdá? Yo fui muy amigo de tu papá...

A partir de la primera noche en que regreso, no dejo de acudir a las cantinas del pueblo después de trabajar en el restaurante. Mi familia, ocupada por la limpieza del comedor y la cocina, no se da cuenta de la hora precisa en la que abandono el restaurante. Agotado por el trabajo, me desplazo por las calles buscando la cantina más solitaria, aquella en donde pueda beber en paz sin que algún borracho me reconozca, pero siempre hay uno, o dos, y siempre me quieren abrumar contándome anécdotas sobre mi padre. Entonces yo pago lo que debo e, insatisfecho con las dos copas de mezcal que me he tomado, me voy a la ciudad para seguir emborrachándome.

Ahí camino entre los edificios antiguos de cantera verde que se inclinan sobre mí, fatigados por el tiempo. Sé que Marcela vendrá algunos días a visitar a su familia durante el verano, siempre lo hace, y espero encontrármela. Entro al bar donde saboreé por primera vez la pena mezclada con el alcohol, al lugar donde acudió Marcela a mi llamado. Bebo mis mezcales esperando a que Marcela aparezca de nuevo y se siente a mi lado, que me mire como lo solía hacer, que me dé de comer... Murmuro su nombre, deseando que, por medio de un milagro absurdo, ella me escuche. ¿Qué dices?, me pregunta la cantinera. Nada, le respondo a la tehuana, está bueno el mezcal. Y me pido otro.

Una noche, a petición de un amigo, voy a una fiesta en San Felipe del Agua. Recorro los pasillos de la casa del anfitrión bebiendo los licores que nos ha ofrecido. Tomo asiento en el sillón de la sala, al lado de viejos compañeros que no he visto desde la preparatoria y cuyos nombres he olvidado. Uno de ellos me pregunta si vendrá Marcela, a lo que respondo secamente que no sé. Inseguro, salgo al patio donde se encuentra la mayoría de los invitados.

El césped que rodea al patio aún está asperjado por las lluvias que cayeron en la tarde. Arriba, el cielo ha escampado, dejando apreciar las estrellas del verano que brillan sobre el bullicio de la fiesta, como los ojos de los tecolotes escondidos en los árboles. Le doy un trago a mi vaso, que ya sólo tiene hielo derretido. Voy hacia la mesa de los licores y me vuelvo a servir ron. Mientras dejo la botella sobre la mesa, alguien me da un empujón. Al voltear, casi suelto mi vaso; un susto que no comprendo se apodera de mí, la boca se me seca y mi garganta se cierra, al igual que mi mano sudorosa que ahora aprieta nerviosamente el vaso de plástico: frente a mí, los ojos grandes y sosegadores de Marcela me miran. No siento sosiego alguno, al contrario: de pronto mi cuerpo se ve afligido por un temblor. Hola, tú, me dice con una mueca.

Hola, le respondo; ahora mi voz también tiembla, como si le rindiera cuentas a una figura de autoridad y temiera decir algo que me incrimine. ¿Cómo has estado?, pregunta. Bien, le digo, sin poder decir más. Quisiera hacerlo, pero la sola idea de equivocarme, de ahuyentarla con mis palabras, me aterroriza y enmudezco. Y los temblores... Él es un viejo amigo, se llama Arturo, le dice Marcela a su amiga en la que no había reparado. Esta me saluda y después ambas se sirven de la botella de ron. Antes de alejarse de la mesa, Marcela, entrecerrando los ojos, como si me retara, me asegura que al rato nos tomaremos unos mezcales.

Me los tomo, sin ella, escondido en la sala, con el corazón hecho trizas por la cobardía. Aguardo a que la embriaguez acalore mi ánimo y me dé la fuerza necesaria para buscar a Marcela y reanudar nuestra conversación; no la de hace rato, sino la que tuvimos hace casi un año en el abismo de nuestra sala.

La fiesta va menguando mientras la valentía no llega. Al no ver a Marcela entre los pocos invitados que restan en el patio, decido irme.

Salgo a la calle, harto de mí mismo. Camino un trecho y la pesadumbre de la noche se desploma; sobre la banqueta veo a Marcela sentada, cabizbaja y bamboleándose. Su amiga está parada a su lado, con el semblante preocupado. Me acerco y su amiga se torna aliviada al verme. Arturo, me dice, qué bueno que te veo. Marcela está mal; ya le hablé a su mamá, pero yo tengo que irme... Marcela me contó que son muy cercanos..., ¿podrías cuidarla mientras llegan por ella? Sin dudarlo, le aseguro que yo cuidaré de ella. La amiga me da las gracias y se va. Me siento sobre la banqueta, al lado de Marcela, cuidando mi distancia. Una frescura recorre la noche y en el cielo aletean los tecolotes. Marcela trae el cabello negro desarreglado, húmedo, como su frente empapada. Las mejillas, sonrosadas por el ron, se estiran y contraen cuando sus labios balbucean: Arturo… Arturo… perdóname. No tengo nada que perdonarte, le aseguro mientras bajo la mirada hacia la calle. No, Arturo, continúa, perdóname… es que tenía miedo… Marcela se acerca a mí y recuesta su cuerpo sobre mi hombro: Te extraño, murmura.

Ella toma mi mano y entreteje sus dedos con los míos. Al principio me da ligeros apretones, pero luego cesan, y yo la miro cerrar sus ojos, adormecida. Recuerdo las otras ocasiones en que la vi igual, somnolienta, y como si aún estuviera en esa época, hablo con la calma que alguna vez tuve: Marcela, le susurro, me daba pena contarte, me avergonzaba. Mi padre era un borracho, un alcohólico. Todos los días yo despertaba solo en mi casa y escuchaba sus quejidos, sus horribles sollozos: Arturo, gritaba, mijo. Yo tenía que andar con cuidado dentro de la casa, sin hacer ruido. A veces me asomaba por la ventana y lo veía tirado en el patio o dando vueltas por el jardín. ¿Por qué no se iba? ¿Por qué no me dejaba en paz?… Por eso lo maté, por eso dejé que muriera. Aquella madrugada me despertó su escándalo, como otras muchas noches: ¡Arturo!, gritó, ¡Arturo, ayuda, hijo mío! Pero yo no le hice caso, siempre era lo mismo; entonces deseé con fervor religioso, como cuando rezaba de niño, que acabara de una vez el penoso asunto. De pronto su lamento cesó y yo pude dormir de nuevo. En ese silencio mi padre se ahogó, amaneció tieso, cubierto por la sangre que vomitó. Al terminar mi confesión no me aflige pena alguna. Los ojos oscuros de Marcela se entornan y me miran con compasión. Pasa su mano por mi cabello, acaricia mi sien hasta que reposa sus dedos sobre mi pómulo. Yo pego mi mejilla a su mano, como poseído por un encantamiento antiguo, y me sé absuelto. Mi embriaguez se torna en letargo, en una tranquilidad que no sentía desde la infancia. No fue tu culpa, me asegura mientras me abraza. Me sumerjo en su cabellera, oliendo su perfume... poco a poco me hundo en ella, caigo en el olvido absoluto, lejano. Entonces sus labios se acercan a los míos; saboreo su saliva etílica, su lengua fría: regreso de mi abismo. Es un beso lento, y triste, porque no sé si recordará habérmelo dado.

Cuando llega su madre, Marcela me asegura, al subirse al auto, que irá a visitarme antes de que se regrese a la Ciudad de México. Quiero volverte a ver, me dice, y yo le creo. La madre, al verme, apenas si me saluda, me mira con suspicacia y yo retrocedo. El auto emprende la marcha mientras muerdo mis labios y chupo la saliva de Marcela que aún los humedece.

¡Bajen a ese borracho!, grita alguien entre la muchedumbre congregada debajo de mí. ¡Es igualito a su padre!, grita otro. En vano he intentado subir el palo encebado; me dejo caer por enésima vez, rodeado por las carcajadas de los pobladores. Me limpio las manos grasientas en el pantalón y recojo mi botella de mezcal del suelo. Le doy un trago, tratando de mantenerme de pie. Miro los premios que cuelgan desde la cima del palo, bajo el cielo bravo del atardecer. Las personas reunidas me recriminan con sus miradas el haberme tardado tanto, ellos también quieren probar su suerte, distraerse un rato mientras los maestros cueteros dan los últimos retoques al castillo que arderá en la noche. Un muchacho se acerca a la base del palo erguido y comienza a treparlo. Sube como mono, y en un instante agarra uno de los premios. La gente lo vitorea, y yo también, animado por la embriaguez.

Esperé un mes a que Marcela cruzara la puerta del restaurante. Pasado el mes de julio comprendí que se había olvidado de mí. Ahora es agosto y traigo en la mano una botella que robé del restaurante; me salí al mediodía, borracho de tanto tomar a escondidas en la barra. A pesar de que tengo suficiente alcohol, cada que pasan las señoras que ofrecen anís, les acepto las copas desbordadas.

No tarda en anochecer. En el andador se encienden las luces de los juegos mecánicos y de los puestos de canicas, irradiando las nubes de pólvora que dejan los cuetes al estallarse en el cielo. Las calles aledañas al palacio municipal están atiborradas de gente que ha venido a ver la quema del castillo. En el corredor del palacio se van acomodando los músicos con sus instrumentos; yo intento acercarme a ellos, pero mis pasos yerran el camino. Batallo por hacer valer mi voluntad, y cuando logro caminar sin titubeos, el suelo se balancea salvajemente. Fatigado, me recuesto sobre el muro de cantera que rodea a la parroquia. Detrás del enrejado que asciende del muro veo a unos muchachos mixes trepados, escondidos bajo la sombra del ahuehuete; miran con reserva el desenvolvimiento de la feria asidos de las rejas. Sus pieles son más morenas y resplandecientes que las de los habitantes de mi pueblo, poseen quijadas rectas y duras, al igual que sus cejas; parecen ídolos de piedra del Rey Condoy. Temen salir de su escondite y andar entre los pueblerinos porque saben el desprecio que sienten por los fuereños. Si la policía comunitaria ve que algún indio se anda divirtiendo en la calle, acaban echándolo en la cárcel municipal. Por eso no salen.

Les ofrezco un trago de mi botella antes de entrar en la parroquia. Cruzo el portón del muro, adornado con tiras de banderas con los colores de la virgen de la Asunción. Sólo hay humedad y oscuridad al derredor, salvo por una luz cálida que riela sobre las losas que llevan a la iglesia. Sigo el camino de luz hasta llegar al umbral desde donde contemplo el altar dorado y los cirios que lo rodean. En las bancas hay poca gente sentada: ancianas tapadas con sus rebozos que murmuran oraciones mientras frotan sus escapularios con los dedos, un par de ancianos del comité de la iglesia que se levantan cuando un cirio se apaga y lo vuelven a prender con cerillos. Al fondo, en el retablo del altar mayor, debajo de su hijo crucificado, la virgen de la Asunción nos mira vestida en sus mantos de azul y oro. El olor a copal que se desprende de la iglesia me recuerda las veces que acudía con mamá a rezar. Yo era un niño y me fascinaba lo inmenso que aparentaba ser la iglesia. Nos arrodillábamos sobre el reclinatorio, y yo miraba cómo las llamas titilantes de las velas trazaban sombras temblorosas sobre los rostros de los santos; los veía parpadear y los creía vivos. Rezaba en silencio por mi padre, le pedía a Dios que lo ayudara, que amargara hasta el hastío todos los licores. Me persignaba y salía de la iglesia, confiado. Y esperé, esperé y lo seguía viendo emborracharse. Entonces me percaté de que Dios nos había abandonado desde hace tiempo.

El humo del copal de pronto se me hace pesado e insoportable. A punto de desfallecer, logro llegar al enrejado que rodea al ahuehuete; lo salto y me desplomo sobre la tierra sin pasto. Recuesto mi cabeza en el tronco que se asemeja a una gran fortaleza de madera, y contemplo la copa que se alza hacia el infinito. En esa posición bebo de mi botella. De vez en cuando se escucha el estallido de un cuete, y desde el atrio, donde dos ancianos custodian con sus instrumentos a la virgen celebrada, llega a mí el sonido misterioso de la chirimía. Siempre toca las mismas notas, la misma melodía, y el tambor repite un ritmo letárgico. Lentamente, cayendo en un trance con los ojos entrecerrados, me sumerjo en la tierra.

Cuando vuelvo en mí, me deslumbra el claro de luna que se filtra por entre las ramas. La luna ha bajado, inmensa y blanca; aplasta al cielo y a las nubes, imponiendo con su luz brillante el silencio. Estupefacto, la miro y pienso en el rostro de Marcela. Trato de levantarme, pero mis pies están enterrados. Necesito ayuda. Con la mirada busco a los músicos del atrio, pero se han ido. Tampoco refulge la cálida luz que emanaba de la iglesia. Ahora sólo el resplandor lunar cubre al entorno con una palidez mortuoria.

Escucho un borboteo, como la del pequeño ojo de agua que descubrimos en el cerro Marcela y yo. Una gota cae sobre mi cabeza, luego otra; alzo la vista: sobre la corteza del ahuehuete corren varios chorros de agua que nacen en lo más alto del tronco. Súbitamente me hallo en medio de un pantano lleno de tules, con las piernas rebasadas por el agua. Entonces un ventarrón desciende del cielo y asuela la parroquia; derrumba sus muros y hunde los fragmentos de cantera en el pantano. La iglesia, que hace unos momentos se erguía en toda su gloria celeste, se deshace en polvo que se lleva el viento.

Acabada la destrucción de la parroquia, las ráfagas se apaciguan, y un murmuro reemplaza al estrépito de la ruina. El murmuro se me hace conocido, siempre son las mismas notas, la misma melodía... un misterio. Desde el lugar donde solía estar el portón del muro, aparecen varias figuras que avanzan pausadamente, como si fueran la misma sombra del murmuro. Al pasar frente a mí, iluminados por el claro de luna, sus cuerpos desnudos resplandecen; son hombres y mujeres que caminan con las cabezas agachadas, cantando plegarias. A la vanguardia va una mujer que llora; entre sus brazos carga a un niño desfallecido. La procesión avanza hasta llegar al sitio donde antes se alzaba la iglesia, en el cual ahora hay un pequeño monte de piedras amarillas, no más alto que un arbusto. La mujer que va penando se acerca a la pirámide y coloca a su pie al niño. Un hombre robusto los rodea y se pone detrás de la pirámide mientras los demás se arrodillan. El hombre que aún permanece de pie saca de un bolso una paloma blanca que aletea desesperada; con un movimiento brusco, el hombre tuerce el cuello de la paloma. Las alas quedan fijas, abiertas en su último intento por volar. Enseguida coloca al ave muerta en la cúspide del monte y, con una daga de piedra, le abre el pecho; la sangre vertida cae en hilos rojos sobre las piedras amarillentas, formando en la base de la pirámide un charco que el niño moribundo sorbe sediento. Y así como llegaron, los hombres y las mujeres vuelven a ser sombras y se desvanecen en el aire.

Toda la materia se desvanece y después reaparece como lo hacen los recuerdos; como el agua del pantano que bebe la tierra, secándose; como la iglesia y los muros que vuelven a levantarse. Observo mi cuerpo para asegurarme de que yo no me he esfumado. Mientras miro aliviado mi piel, escucho unos pasos que se acercan. Entre la penumbra distingo una silueta que rodea al árbol hasta que se detiene cuando se topa conmigo. Es una mujer cuyos ojos están saturados por las enormes pupilas que son como dos manchas de tinta que se expanden. Lleva el cabello negro suelto y desarreglado, con dos mechones que cubren los senos tímidos que hinchan su blusa blanca de popelina bordeada con un mosaico de grecas. Una larga falda de satín escarlata cubre sus piernas y acaba justo arriba de sus tobillos esbeltos, permitiéndome apreciar sus pies descalzos. El cielo de repente se ilumina; una bomba de pólvora estalla en lo alto como un sol que se deshace en mil chispas rojas. La mujer se agacha y se sienta a mi lado. Te ves triste, me susurra. Su voz llega helada, enchinándome la piel. No la reconozco, pero al verle sus labios pintados de carmesí, siento aquel sudor que se acumula sobre mi nariz al imaginarme una copa de licor. ¿De dónde eres?, le pregunto. Se acerca y huelo su aliento a tierra mojada cuando me responde que viene de Mitla. Me mira como si estuviera intoxicada, pero el intoxicado soy yo, que no puedo dejar de mirarle los labios. Una copa de copal arde en mi interior cuando posa su mano gélida sobre la mía. Dentro de poco ya no estarás triste, me dice antes de morder suavemente mis labios. Su beso me sabe extraño, seco, como el pan de yema que hurté de niño del altar de muertos, y que comí con disgusto porque los difuntos ya se habían llevado su sabor. Paso mi mano por su tallo, le desfajo la blusa y recorro su vientre frío, hundiendo mi dedo en su ombligo. Al subir mi mano por su torso, palpo las ranuras cadavéricas de sus costillas; entonces alzo su blusa, revelando uno de sus senos morenos. Amparado por las ramas que nos esconden, chupo su pezón negro que se deshace como hielo en mi boca. Todo en ella es frialdad y calma, mientras que yo no dejo de sudar y de perder el aliento. Abatido, la miro levantarse; me tiende la mano para ponerme de pie, pero al tomarla la oscuridad me asalta.

Un olor a putrefacción hace que recobre la conciencia. Abro los ojos y el cielo estrellado parece una vorágine. Estoy tirado entre espinas que me raspan los brazos al levantarme. La cabeza me pulsa y casi vomito a causa del hedor del río de aguas negras que corre a mi lado. Es el mismo que cruzábamos Marcela y yo para llegar al cerro donde está el ojo de agua. Ahora se ha achicado y apesta a podredumbre.

No sé cómo llegué aquí, ni qué hora es. Una ceniza desagradable recubre mi boca; busco la botella de mezcal para enjuagarme el sabor, pero no la encuentro por ningún lado. Al caminar hacia el pueblo la hallo hecha añicos sobre la terracería. Avanzo desahuciado, perdiendo un poco de vida con cada paso. ¿A dónde ir? ¿Para qué seguir? Es como si alguien hubiera posado sus labios sobre los míos y me hubiera robado el aliento. Escupo al suelo una saliva negra. Cuando paso por el palacio municipal, veo que los maestros cueteros andan desarmando las últimas piezas del castillo. Ya no hay nadie en la plaza salvo un grupo de señores que aún tienen cervezas en sus cartones, y los policías comunitarios que beben con ellos.

Intento regresar a casa y de pronto el pueblo parece ensancharse; las calles se tornan enredadas y siento que las casas me observan. ¿Qué pueblo es este? Al llegar a una encrucijada una neblina cae sobre mis hombros con un peso agobiante y detiene mi caminata. De entre la confusión surge un llanto, un lamento como el de mi padre pero en eco; al fondo de la calle distingo tres sombras que se desplazan hacia mí. ¿Quién... anda ahí?, murmuro temeroso. No hay respuesta. Las tres sombras se acercan. El llanto se intensifica, haciéndose más insoportable; es un llanto que rompe los huesos del pecho. La neblina no me permite verles los rostros, pero cuando pasan bajo un farol, reconozco los rebozos y las faldas deshilachadas: son las tres ancianas con las que nos topamos Marcela y yo hace un año. Y al igual que aquella vez mi corazón se estremece, como si de entre las tinieblas una mano descarnada lo tomara y enterrara en él sus dedos esqueléticos.

Huyo, corro con dificultad por las calles laberínticas; batallo por escapar ya que una fuerza tira del cuello de mi guayabera. Al ver un portón negro, lo abro y me refugio dentro de la casa. Atravieso apresurado el patio y los corredores, y entro en un cuarto cuya puerta está entornada. Estoy a salvo: oscuridad, silencio. Sólo logro distinguir los contornos de la cama: caigo sobre ella y duermo. Duermo una noche eterna.

Al despertar, una silueta que se asoma desde el umbral grita: ¡Ora sí la regaste!, al tiempo que azota la puerta contra la pared. Prende la luz y me llama bestia, canalla.

Se trata de un señor cuyos ojos encolerizados, de venas hinchadas, me apuntan igual que el machete que empuña. Los muebles que hay a mi alrededor no me pertenecen, esta no es mi casa. Temo. Señor, le digo con voz entrecortada, una disculpa, esto es un terrible mal entendido, no vengo a lastimar a nadie... verá, soy de aquí del pueblo, soy Arturo, hijo de Clara del restaurante... ¡Me importa una chingada quién seas!, ¿qué carajos haces en el cuarto de mi hija?, exige saber el señor con el rostro enrojecido. Trato de explicarle que no lo sé, pero el necio no escucha mis razones y alza su machete, listo para darme una tajada. En eso un grito lo paraliza: ¡Toribio! Justo a tiempo, una señora entra con las manos posadas sobre su rostro y se detiene frente a mí, dándome la espalda. Toribio, ya llegó la policía, le dice la señora a quien debe ser su marido, deja que ellos se encarguen, por el amor de Dios. El señor reposa su machete sobre el hombro, y poco a poco se va tranquilizando. Tienes razón, mujer, le responde, no es de Dios cometer pecado por un pecador.

No tardan en llegar los de la policía comunitaria. Me sacan arrastrando del cuarto, uno hasta me patea; vienen borrachos, puedo oler sus alientos alcohólicos. Afuera miro el alba, sin entender lo que ocurre. Cruzamos el patio de tierra rojiza, evadiendo un socavón en el cual pude haber caído al entrar corriendo en la noche. Mientras salimos, las puertas de los distintos cuartos se abren; desde ahí los familiares, despertados por el alboroto, me miran perplejos. Ya en la calle los policías me trepan en la caja de una pequeña camioneta y nos vamos.

Me encierran en la única celda de la cárcel municipal. Adentro hay dos muchachos mixes durmiendo. Tomo asiento en una esquina y me percato de que aún estoy ebrio. Espero, espero a que llegue mi madre; en el pueblo la gente no tarda en enterarse del escándalo. Antes de que acabe la mañana mi madre entra en la cárcel acompañada por dos policías y el síndico. Abren la celda y yo, poseído por una rabia etílica repentina, les digo que ya era hora. ¿Por qué nos encierran? ¿Cuál es el crimen que hemos cometido?, les grito, ¡ninguno!, nomás no nos quieren... Pero me callo al ver el rostro enfurecido de mamá. Ella me ordena que suba al auto, luego se despide y se disculpa ante las autoridades.

Durante el camino a casa mis manos sudan; deseo que ninguno de los dos hable, pero mi madre no tarda en romper el silencio: Ya ni gracia tienes, Arturo, si no sabes tomar para qué lo haces. ¿Cómo está eso de meterse en casa ajena? No fue porque andaba borracho, le aseguro. Entonces, ¿qué pasó? Estoy a punto de contarle lo de las lloronas que se me aparecieron, pero me arrepiento; si le menciono lo que vi, pensaría lo peor, se acordaría de los delirios de mi padre y no me imagino lo que me haría. Así que no digo más y agacho la cabeza, vencido. ¿Qué así haces en México?, me reclama, ni porque estoy enferma le paras. Al menos piensa en tu hermana, en el ejemplo que le estás dando. O qué, ¿quieres acabar igual que tu padre? Sus palabras me hieren. La miro entristecido, moviendo mi cabeza en franca decepción: ¿No te das cuenta, mamá?, ya soy mi padre. Ella me mira horrorizada. Sus ojos se ponen llorosos y no vuelve a hablar hasta que llegamos a casa. Antes de apearse, mi madre ordena: Al rato te llevaré a casa de Toribio y le pediremos disculpas. En la noche te regresas a México, será lo mejor; yo me encargo de lo demás.

Hace frío, como si estuviera atrapado en una tumba. Y lo estoy. Las cuatro paredes de la sala se han convertido en las de un ataúd húmedo y pestilente. El otoño me tiene encobijado en una silla frente al ventanal, desde donde observo la noche cubrir a la ciudad con sus alas de tecolote. Es la hora en que sale una señora en fachas del edificio aledaño a recoger la ropa tendida en la azotea; mientras descuelga sus prendas, parece mirarme porque se ríe, abre la boca y me muestra su falta de dentadura.

A veces, en la oscuridad de la habitación, veo imágenes inconexas: una celda, unos novios que se casan en una iglesia, un ruedo de toros, un entierro... Las escenas me resultan familiares, como si las hubiera vivido, pero las siento tan lejanas. Entonces me veo en una terraza, sentado frente a una mesa pequeña, llueve, tengo un tarro de cerveza en la mano. Al escuchar una voz me percato de que hay alguien sentado conmigo, es una muchacha. la imagen se hace más nítida y, cuando la reconozco, los contornos de su rostro y de los objetos que nos rodean se desvanecen. Me levanto horrorizado de la silla, desgarrando la cobija: ¡recuerdo quién soy y en lo que se ha convertido mi vida!

Alcanzo el mezcal que tengo sobre la mesa, es el último que me queda. Mientras le doy un trago para calmar la agitación de mi mano y olvidarme de todo, contemplo la foto de Marcela que coloqué al lado de la botella. El retrato se está desgastando, me parece que le cayó una gota de mezcal; lo bueno es que su cara sigue intacta, igual de sosegadora que siempre. Le recé una o más veces, rogándole que me salvara. Sálvame, le vuelvo a implorar.

Le doy otro trago a la botella y atisbo el paisaje lúgubre del parque hundido, ese panteón que tiene como lápidas a antiguos ídolos; son sólo réplicas, y sin embargo me provocan temor, no me gusta la quietud que comparten, esa postura que denota omnisciencia.

Al pie del ventanal yace tirada la Biblia que me regaló Marcela. Intenté leerla en mi desesperación por serenar mi espíritu con un poco de fe, como lo hacía de niño cuando, después de haber esperado largas horas a que regresaran mis padres del trabajo, le rezaba una oración que inventé a un crucifijo que colgaba arriba de la cabecera de mi cama, una oración que terminada con un: Cuida a mi mami y papi, amén. Dormía tan tranquilamente en aquella época. Ahora sólo duermo por intervalos, cuando puedo. La lectura de la Biblia sólo empeoró mi falta de sueño al leer sus pasajes funestos. En una ocasión leí: Pero tus muertos revivirán, se levantarán sus cadáveres... ¿Y mi padre también?, me pregunté aterrado. En ese instante aventé la Biblia contra la ventana, esperando que el vidrio se hiciera añicos y que el libro saliera volando, pero me faltó fuerza.

A pesar de que no he retomado mi lectura de la Biblia, la idea del regreso de los difuntos a la tierra me acecha siempre. A veces creo que ya vivimos el tiempo de los muertos; que ellos salieron de los panteones y recorren las calles de los pueblos y las ciudades, llenándolas de murmullos, para que los recordemos; que se esconden en los recovecos de las casas y nos observan, porque hay horas de la noche en que me siento observado por una sombra, alargada y silenciosa. Es como si me mirara el ojo de Dios desde el lugar recóndito donde se oculta de nosotros. Y también los he escuchado.

El último día que asistí a la universidad me la pasé acostado en uno de los sillones de la biblioteca. Reinaba un ambiente tenso a causa de los exámenes departamentales que agobian hasta al estudiante más aplicado. Pensé que iba a poder estudiar, pero desde que regresé de mi pueblo no he dejado de emborracharme. Estaba durmiendo, esperando así poder regresar a la lucidez, cuando una conmoción violentó mi sueño: sobre el barandal de las escaleras se había formado un tumulto de estudiantes que cuchicheaban, oteando desde ahí al vestíbulo. Me acerqué a ellos y vi, cuatro pisos abajo, a una muchacha tirada, inerte. La reconocí: era una compañera de mi generación, muy reservada y estudiosa. De su cabeza corría un hilo de sangre. Nadie hacía nada por ella, sólo especulaban si había sido un accidente o no. Algunas compañeras la miraban con horror y decían que se había tirado porque estaba embarazada. Cuando los alumnos se aburrieron del acontecimiento volvieron a sus mesas de estudio.

Me quedé solo, contemplando el cadáver. Tuve la misma sensación que me provoca la sombra al observarme. Entonces un susurro me llenó de escalofríos, era la voz de mi compañera: Hijos míos, están a punto de perderse... Tocan la puerta tres veces. Mi mano vuelve a temblar mientras que el resto de mi cuerpo se petrifica. Por debajo de la puerta, en la luz blanca que se filtra del pasillo, puedo distinguir una sombra inmóvil. De nuevo se escuchan los tres toques secos. Me levanto y me acerco con cautela, intento preguntar quién es, pero las palabras no salen de mi boca cobarde. De pronto se desliza un sobre por debajo de la puerta. La sombra se desvanece mientras se aleja el sonido de unos pasos. Temeroso, observo por la mirilla y sólo veo el pasillo solitario. Levanto el sobre y al abrirlo se desprende un perfume que reconozco. Adentro hay una carta con una sola palabra escrita: Búscame. Acerco el papel a mi nariz e inhalo el aroma del cuerpo de Marcela.

¿Dónde la busco? Guardo su foto en mi cartera, me envuelvo la bufanda que me tejió y salgo del departamento. Afuera hace un frío húmedo, filoso, como el ruido que hacen los autos al cortar los charcos de la calle. Primero la busco en mi colonia, sin éxito. Entonces entro en el metro y viajo hasta el Centro. Deambulo por la Alameda. Ya entrada la noche lo único que diviso entre la oscuridad con la que los olmos cubren al parque, son siluetas sospechosas, así que me dirijo hacia el Zócalo. En el camino paso por una iglesia que se me hace conocida, a unas cuadras de ahí me topo con el bar de mis visiones.

Subo a la terraza y la encuentro repleta de mesitas iluminadas por pequeñas velas. En torno a ellas hay parejas que charlan de forma amena, comparten besos y risas. Marcela no está. Una mesera se acerca y me pregunta si deseo una mesa para dos personas o si vengo solo. No, le respondo, no tengo a nadie, y me salgo.

Al bajar las escaleras, vuelve una extraña sensación que me ha perturbado recientemente: intuyo que lo que acontece a mi alrededor es un sueño, que la realidad transcurre en otra parte. Y es sólo en esa otra parte donde se puede comprender la vida de mi madre y la de mi padre, su enamoramiento fugaz. El nacimiento de mi hermana y el mío no bastan para entender por qué dos extraños tenían que conocerse, no lo justifica. Y mi amor por Marcela, ¿cuál es su fin? ¿Para qué sufro? ¿Para qué tuvo ella que sufrir? Debe existir un propósito que no hemos vislumbrado aún, una fuerza que ha hilado nuestros destinos y nos aplasta.

Con mi cuerpo insignificante avanzo por las calles, hacia el Zócalo, filtrándome entre los huecos de la muchedumbre. Los rostros de los peatones me espantan, están desdibujados. Puedo ver los hilos que los conforman; podría jalar de la punta de uno y deshacerlos. Esa imagen me provoca un estremecimiento: toco mi rostro para revisar que no tenga alguna costura. Lo encuentro bien; aún no me descoso por completo.

Al desembocar la calle en el Zócalo, la gente se dispersa y me quedo solo. No sé a dónde más ir. Las campanas de la Catedral repican con su timbre metálico, provocando que la tierra retiemble. En la lejanía distingo el cuerpo de una mujer que camina perdida sobre la plancha del Zócalo; se mueve con timidez, mira confundida a su derredor. Reconozco esos gestos de distraída, la reconozco a ella. Mi corazón se hace pesado como las campanas y trato de alcanzarla. Mi andar se torna lento, como si mis pies se sumergieran: cada que piso las losetas de la plancha se hunden, revelando entre sus bordes un abismo, las fauces de un cocodrilo que mora en lo más profundo de la ciudad. Sin caer logro llegar a la Catedral, a unos pasos de la mujer. Ahora puedo ver mejor su silueta, las caderas donde solía reposar mis manos. Es ella. Marcela, lentamente, se dirige hacia el andador que corre entre la Catedral y el Templo Mayor. La persigo y grito su nombre, pero no me escucha. Sus movimientos se van haciendo más etéreos, fantasmales...

La sigo hasta una encrucijada mal iluminada y la pierdo de vista. Me acerco al punto de cruce y busco la calle por la cual se ha ido. El faro de luz mortecina que alumbra la encrucijada comienza a titilar. Un llanto recorre las calles, multiplicándose, concentrándose en el lugar donde estoy petrificado.

¡Hijo, hijo mío!, es el rumor que trae consigo el viento. Es el recuerdo del que creí liberarme al confesarle todo a Marcela. Y como si ese mismo recuerdo viniera arrastrándose por la calle, alguien se acerca a mis espaldas serpenteando. Volteo y, sin comprender cómo, la sangre enfriándoseme, un ardor se apodera de mi ombligo. Caigo. De rodillas miro la garra ensangrentada que me extiende una anciana envuelta en un rebozo. Detrás de ella hay otras dos mujeres iguales, con los senos al descubierto, hinchados como los de una madre que recién ha parido. Mis ganas de seguir viviendo se me van, y antes de que las pierda por completo, el rostro descarnado de la anciana que me ha herido se transmuta en el de Marcela.

Un silencio me rodea, una neblina callada como la que cubre los panteones antes del amanecer. Estoy solo. No hay ni un alma a mi alrededor, sólo la oscuridad de las calles antiguas. Me incorporo con dificultad y arrastro mi espanto hacia una esquina iluminada, donde logro detener un taxi que me lleva de regreso al departamento. Antes de entrar, noto que la puerta está entornada. Un alacrán negro cruza el umbral. Lo sigo con cautela y me acuesto en el sofá. La sala da vueltas, trato de asirme del cojín pero no logro detener el vértigo. Aun así, cierro los ojos. Imposible dormir. Me duele el estómago, tanto que se me escapa un quejido. Qué bueno, dice alguien desde la recámara. ¿Quién anda ahí?, pregunto. Mis manos comienzan a agitarse. Una figura se acerca, un niño enclenque, vestido de marinero. Qué bueno, repite con su voz infantil. Detrás de él se para una mujer. Tiene la misma mirada que el niño, unos ojos llenos de desprecio. A ver si así aprendes, me dice burlona. Tardo en reconocerla, por el maquillaje, por el peinado de señora que trae. Es una señora, es Marcela. ¿Qué te pasó?, le pregunto. Pero ella no responde. Marcela, suspiro, no puedo moverme. El niño me mira con asco: No me ayudaste en el parque, papá. ¿Cómo...?, pero antes de que pueda terminar la pregunta, mi hijo me asfixia con una almohada que coloca sobre mi rostro. Despierto tirado en mi sala, con una sed terrible. Me ha espabilado el chillido de la puerta de la recámara. Esta retrocede pocos centímetros y en seguida vuelve a cerrarse. Tiemblo al imaginar que hay un niño al otro lado, con la mano sobre la perilla, calculando el momento para entrar y atacarme. Pero al abrirse la puerta por completo sólo pasa una ráfaga que enfría el sudor que cubre mi piel.

Despejada mi mente de las últimas marañas del sueño, trato de recordar cómo regresé al departamento, dónde fue que me perdí... Me percato de que mi vientre está hinchado, entonces viene a mí la imagen de una garra clavándoseme; temeroso, recorro mi playera y descubro mi ombligo tapado por una costra. La rasco con la uña y, al desprenderse un pedazo, una mancha de sangre se expande por mi piel.

Un zumbido me distrae de mi herida; es un ruido que inquieta el ambiente. Busco su origen. Primero sospecho que proviene de la cocina, pero sólo es la repercusión del sonido. En realidad el zumbido viene del ventanal. Me acerco cautelosamente: sobre el cristal por donde se vislumbra la ciudad nocturna está una polilla negra aleteando. Reculo y busco algo con que espantarla. Me acuerdo de la advertencia que me hizo mi abuela cuando era niño: en mi pueblo, las señoras tienen la creencia de que si aparece una polilla negra en la casa se trata de un mal augurio, el de que alguno de sus habitantes morirá dentro de poco tiempo. Y yo vivo solo. Levanto la Biblia que está tirada al pie del ventanal. Abro con cuidado la ventana de celosía, esperando poder forzar a la polilla a que salga; no deseo matarla, temo que caiga sobre mí una maldición. Ondeo la Biblia, inquietando a la polilla con el viento; esta toma vuelo y da tres vueltas rodeándome. A la tercera, se estrella contra mi sien. Corro al baño, asqueado, porque puedo sentir el polvo que se ha desprendido de sus alas comenzar a carcomer mi cuero cabelludo. Enciendo la luz del baño; en el lavabo, quieto, el alacrán negro me mira, desafiante. Está más grueso y viscoso, como si lo cubriera su propio veneno. Abro el grifo y con el agua que cae se espanta y huye, permitiéndome lavarme el cabello.

Al terminar, azoto la puerta del baño y camino, con una opresión en el pecho, hacia la mesa donde tengo mis botellas. Mis músculos se paralizan; con esfuerzo evito que mis brazos se tornen nudosos como las ramas desnudas de un árbol petrificado. Y mis entrañas se retuercen de dolor; algo se mueve en mi interior, algo que va hinchiendo mi vientre cada vez más. Necesito un trago. Pero ya no queda ninguna botella. Poseído por una desesperación frenética, reviso cada una de las botellas vacías, pegando el ojo a la boca, aspirando el aroma que aún resta de alcohol; en una copa vierto lo que queda de mezcal, logrando juntar una gota que apenas si logra humedecer mi lengua.

No es suficiente, necesito salir a la calle. Con un sabor a hierro en la boca, deambulo por mi colonia buscando una miscelánea que esté abierta. Atravieso la plaza silenciosa. Me extravío y aparezco delante de la Parroquia de San Juan. Como si mi mano poseyera vida propia y recordara una época lejana de nuestras vidas, la sorprendo ascendiendo hacia mi frente. La detengo antes de que marque el primer punto de la cruz y cierro el puño. Camino hasta la avenida donde se encuentran los bares, una avenida luminosa por tantos anuncios de neón, atiborrada de borrachos y puestos callejeros de comida. Una muchacha reparte tarjetas a los peatones y los invita al segundo piso para que disfruten de un masaje relajante. Cuando me acerco, casi me entrega una, pero al ver mi estado se da la vuelta y se aleja. Continúo por la acera, tratando de hallar un bar. Al asomarme a uno de los establecimientos, me incomoda la manera en que me observa el cadenero; intento entrar pero él me dice que ya no soy bienvenido. Así me ocurre en el resto de los bares. Me cierran la puerta, o los meseros salen y me empujan, insultándome.

No sé qué pasa, por qué me niegan la Providencia. Trato de acordarme de algún motivo para este rechazo, y remotamente oigo una pregunta necia hecha a los clientes, a los meseros, a los cantineros: ¿Sabes lo que es perder a tu pareja? No, nadie volverá a permitirme el acceso por aquí. Y no hay ni una tienda abierta. Entonces ocurre un milagro, una luz que resplandece desde una jardinera. Descubro una petaca abandonada con un poco de licor. Me abalanzo sobre ella como un perro entre desperdicios, y la recojo.

Comienza a chispear, el frío hace que me encorve sobre la petaca que llevo abrazada. Deseo tomar lo que le resta de licor en casa, pero me resulta imposible aguardar tanto; bebo y saboreo un líquido infecto. La petaca no tiene más que agua acumulada por las lluvias, un agua turbia y nauseabunda que escupo de inmediato. El asco agrava el malestar de mis entrañas. A nada de reventar, apresuro el paso, conteniendo las arcadas.

Entro a mi edificio. Con una amargura que se esfuerza por salir de mi garganta subo las escaleras. Volteo a mirar los escalones recorridos cada que escucho el eco de mis pasos y compruebo que nadie viene persiguiéndome. Hundo mis dedos por debajo de mis costillas inferiores, tratando de calmar el ardor. Mi visión se torna borrosa cuando cruzo el pasillo que lleva a mi departamento. Es como si una neblina emanara de las paredes que se contraen sobre mí. Sin que éstas logren aplastarme llego a mi puerta, pero antes de que pueda meter la llave en el cerrojo mi mano trémula la deja caer. Al agacharme por la llave, el alacrán negro sale por debajo de mi puerta; poseído por el rencor, con la petaca vacía que aún llevo, lo aplasto, embarrando el piso con sus vísceras.

Ya dentro de mi departamento, corro hacia el baño; ahí vierto en el escusado la podredumbre que ulcera mi interior. El vómito desgarra las venas de mi garganta, cansa mis músculos, me hace llorar los ojos, y empapa de sudor mi frente. Vaciado, las arcadas no cesan porque veo lo que he vomitado: en el agua teñida de sangre, unas tripas diminutas se sacuden como las colas de los renacuajos. Son decenas de serpientes recién nacidas. Horrorizado por haberlas llevado dentro, descargo el escusado. Dan vueltas hasta que el desagüe las devora.

Aturdido, con la espalda reclinada sobre el lavabo, atestiguo la llegada del alba gris cuyas luces friolentas penetran el ventanal, alumbrando penosamente la sala. Froto mis párpados, y entre los fosfenos distingo las tres sombras de las ancianas lloronas. Toco la costra que cubre mi ombligo, el vientre que ha regresado a su tamaño normal. Me enjuago la boca para limpiarla de cualquier escama que hayan dejado las serpientes. Sospecho que la anciana que hundió su dedo raquítico en mi carne me ha condenado a la muerte. Pues bien, debió haber calado más, porque ahora, limpias mis entrañas, una nueva vitalidad alumbra mi interior.

Es posible que se trate del principio de la sobriedad; necesito llegar a ella para volver a buscar a Marcela. ¿Dónde habré dejado su carta? La busco entre mis libros, sobre la mesa repleta de botellas vacías. Nada. Se me antoja un trago. Sigo buscando, con más nerviosismo, como si la carta me llamara: Búscame. No la hallo, quizá nunca existió. No, imposible, Marcela vino a dejarme esa carta y ahora la he perdido, como he perdido la bufanda que me tejió. Sólo un trago más. No, no puedo seguir bebiendo. El sabor a sangre no ha cesado; es mi estómago que se desangra. Hoy prometo, hoy juro por mi padre muerto, que no volveré a emborracharme.

Necesito huir, huir a un lugar donde pueda alcanzar la sobriedad, lejos de ese parque sombrío, de los bares que me rechazan obligándome a buscar alivios sórdidos. Impetuoso, entro a mi recámara, saco una maleta deportiva y con brusquedad le meto ropa: iré a casa, le confesaré a mi madre la cantidad de alcohol que he tomado en el año, le pediré su ayuda como nunca lo he hecho, y me curaré. Entonces me presentaré ante Marcela, como era antes, y ella me recibirá con los brazos abiertos: Arturo, te extrañé, pensé que nunca regresarías. Con la maleta atestada salgo del departamento.

Afuera sigue lloviznando. En el cielo no se distingue el sol, ha sido derrotado por la pesadumbre de los nubarrones, esa mancha apagada que parece no tener fin. ¿Quién desea vivir sofocado? Cuando regrese le diré a Marcela que nos vayamos de la ciudad. En el andén del metro me enfrento con el mismo ambiente abatido; es una resignación que se refleja en los semblantes de los pasajeros, un halo de derrota y amargura. La mañana revela lo que la noche esconde: el cansancio de esta ciudad, su aflicción que me envenena. Huir, huir, huir.

Durante el trayecto a la terminal de autobuses, los pasajeros de los vagones me rehúyen; aún hiedo a alcohol. Los compadezco y abrazo mi maleta, seguro de mi porvenir: sudaré el licor, orinaré el licor, y estaré limpio. Ellos, en cambio, tendrían que hacerse una sangría para verter su resignación. Ya en la terminal, saludo afablemente a la taquillera; compro un boleto a la ciudad de Oaxaca y tomo asiento en la sala de espera. La resaca aprovecha la ilusión que me invade y me embiste, enciende un dolor en mi nuca. Trato de disimular los temblores, pero los viajeros que esperan sentados se dan cuenta y me miran con desconfianza. La certeza que recién había brotado en mí se hace añicos. Dudo. Aguardo la salida del autobús calculando, jurándome que en verdad sólo estaré un mes en casa de mi madre, tiempo suficiente para desintoxicarme encerrado en mi cuarto. Aunque nada me asegura que dejaré de tomar sólo porque estaré con mi familia; al contrario, puede que beba más. Y qué tal si ya no regreso a la Ciudad de México, si quedo náufrago en mi pueblo y me devora el olvido. ¿Y si calculé mal? Aún puedo retornar a mi departamento... Por el altavoz anuncian la salida a Oaxaca. Mis manos se cierran en dos puños y mi alma se hace polvo.

Así como el viento arrastra la tierra, me dejo llevar, indeciso, hacia el autobús. Espero alguna seña, algo que me muestre el camino que debo tomar; quizá cuando pase el punto de revisión donde se entrega el boleto el guardia no me permita viajar. Sin embargo sólo me desea un buen viaje. Abordo el autobús, resignado, y ocupo un asiento al lado de la ventanilla. Arrancamos cuando todos los pasajeros, aún empapados por la llovizna, se sientan. Salimos de la terminal, atravesamos calles flanqueadas por edificios parcos construidos con tabicón, grises como el cielo. Al cruzar la primera caseta de cobro la lluvia se intensifica, mancha de agua los ventanales, distorsiona el paisaje. Bajo el aguacero abandonamos la ciudad. A lo largo del viaje no logro dormir, el sueño no tiene cabida en mi cerebro inflamado. Intento arrellanarme en el asiento, pero mis rodillas chocan con el respaldo de enfrente y me entierro el enganche del cinturón de seguridad en el costado. Afuera ha escampado. Las casas tiznadas de la ciudad y el bosque de pinos que hay pasando la primera caseta han desaparecido. Ahora sólo hay campos de cultivo irradiados por el sol, el mismo que entra en el autobús y empaña las ventanillas, al evaporar el agua de las prendas mojadas de los pasajeros. Un desagradable olor a humedad y cuerpos humanos inunda el interior, provocándome náuseas; reclino mi frente sobre la ventanilla y cierro los ojos, controlando mis arcadas.

La punzada en mi nuca se hace insoportable. Pienso en pedirle al chofer que detenga el autobús y me deje salir, decirle que requiero aire. Luego volveré a la Ciudad de México, no importa cómo; si tengo que regresarme caminando lo haré, aun con esta gota que está a punto de romper mis huesos. Ni siquiera soy capaz de levantarme para acudir al baño y humedecerme la cara.

Después de viajar por horas sin percances, a una misma velocidad, el autobús de pronto disminuye la marcha y se detiene a unos kilómetros de la caseta de Tehuacán. La mayoría de los pasajeros duerme y no se percata de nuestra repentina parada. Los pocos que andan despiertos alzan la cabeza para ver la hilera de autos estancados que nos precede. El tiempo también se ha detenido. Comienzo a impacientarme: avanzamos a ínfimos trechos, la playera empapada de sudor se me adhiere a la piel, escucho mi nombre y veo rostros cuando cierro los ojos. En un arrebato de hartazgo, grito: ¡Qué pasa! Despierto a los pasajeros dormidos y el chofer viene a nuestro encuentro. Se disculpa y nos informa que por alguna razón han bloqueado la autopista, pero que no debemos preocuparnos; ya habló con la línea de autobuses y le han permitido irse por la libre. Nos pide disculpas de nuevo y regresa al volante. Un bullicio se apodera del autobús; los pasajeros, inconformes, se quejan y preguntan cuántas horas más tardarán en llegar a su destino. Alegan que tienen compromisos que cumplir. A mí igual me disgusta el anuncio; deseo abandonar el autobús cuanto antes, arribar a la terminal y comprar un boleto de regreso a la Ciudad de México.

Al cabo de media hora logramos desviarnos del embotellamiento. Entramos en una carretera descuidada de sólo dos carriles, cubierta por grietas que hacen que el autobús salte. El campo da paso a un páramo inacabable: los mezquites y los arbustos verdes, frondosos, se resecan, los matorrales plagan la tierra erosionada. Las únicas sombras en el terreno las proporcionan yucas altas. Es como si la vida rehuyera de este lugar.

El camino se torna dificultoso cuando subimos una cuesta; se va quedando desnudo, sin asfalto. Los brincos del autobús son más frecuentes, y por el ruido parece que va a desbaratarse en cualquier momento. El chofer conduce con cautela por la terracería que se ha estrechado en una curva, mientras los pasajeros miramos asustados el abismo que se abre a nuestro lado. Un chirrido nos estremece, lo podemos sentir avanzar por debajo de nuestros pies, se trata de un ruido como el que hace un afilador al pasar una navaja sobre la rueda de amolar. Herido, el autobús logra marchar un trecho más hasta que se agota por completo.

Esta vez nadie se queja, los pasajeros aguardan expectantes, miran al chofer que se levanta de su asiento, pálido. Él desciende del autobús, dejando la puerta abierta por donde entra un aire tibio, brindándome al fin la oportunidad de poder salir. Afuera, la tibieza se convierte en un calor desértico; el sol tuesta mi piel y sus rayos calan en lo hondo de mis huesos, aliviando la frialdad que los había triturado. Apaciguada la gota, estiro mis extremidades, aliviado, e inhalo el aire del monte.

El chofer revisa la parte inferior del autobús. No se percata de mi presencia hasta que vuelve a incorporarse, sacudiéndose la espalda y las pantorrillas. Consternado, me mira y dice, más para sí, que no puede hacer nada: Tendré que hablar a la terminal, pedirles asistencia... Su semblante de pronto deja entrever un dejo de esperanza; camina hacia mí y me rebasa. ¡Buenas tardes!, le dice excitado el chofer a un indio anciano que sube sin prisa la cuesta, arreando un burro cargado de leña. Lleva la camisa arremangada y empolvada. Buenas, responde. El chofer, sin perder el tiempo, le pregunta si hay un pueblo cercano. El anciano dice que su pueblo está cerca y señala un camino que sube serpenteando el monte. ¿Y tienen mecánico?, pregunta el chofer. No, señor, dice el anciano inclinando su rostro curtido por el sol, nada de eso, apenas si gente hay. Decepcionado, el chofer mira el líquido que se derrama del autobús, formando un charco iridiscente. Se sabe vencido, no le queda más que la espera; sube al autobús y utiliza su radio.

Me imagino las horas que tendremos que aguardar mientras llegan los mecánicos de la ciudad, en el tedio; ya no quiero regresar a mi departamento y tampoco deseo ir a la casa de mi madre. Enclavado en una encrucijada, le pregunto al arriero si en su pueblo hay lugares donde hospedarse. Algunos, responde. Está bien, le digo, ¿puedo ir con usted? El anciano asiente y le pido que aguarde mientras voy por mis pertenencias. Al subir el primer escalón del autobús me doy cuenta de que dejé mi maleta en la terminal. Me aparto en seguida de la puerta sin que el chofer me vea y emprendo la partida.

La tierra seca sobre la que andamos es rojiza, sedienta como mi lengua de arcilla; de ella brotan pequeñas biznagas, cuyas espinas parecen estrellas blancas, coronadas por flores violetas. Un soplo caliente que emana del mismo sol levanta la tierra, creando tolvaneras. Nuestro paso hace crujir las piedritas que pisamos; miro los pies morenos del arriero, el polvo rojo que cubre sus huaraches desgastados al igual que su sombrero. Me acerco y le pregunto por el nombre del pueblo. San Juan de las Cruces, responde mientras arrea su burro. Al subir el cerro van apareciendo, como espectros, ruinas de adobe. ¿Aquí qué era?, pregunto. Aquí había unas casas, pero las gentes las abandonaron, se fueron pa' allá a San Juan cuando llegaron las minas. De esto hace mucho tiempo, antes de que nacieran mis abuelos. Llegamos a un cerro que tiene incrustado un arco entre dos pilares de piedra tallada. No te espantes, advierte el arriero, tenemos que pasar por el túnel. Es cierto que ahí adentro está oscuro, pero no es mucho lo que tenemos que andar; sólo sigue el trote del burro y estarás bien. Cruzamos el umbral y la penumbra nos envuelve. Al contrario de lo que espero, ni siquiera aquí adentro hay un poco de humedad; parece ser que el sol y la tierra han chupado hasta la última gota de agua que quedaba en la región. Sin desorientarme, avanzo hacia el ruido que hace el burro. A mí me agrada la sensación de haber perdido mi cuerpo en la oscuridad. Mis ojos no tardan en acostumbrarse a ella porque he pasado meses dentro de su nicho; logro distinguir los relieves de las paredes rocosas del túnel, la silueta del anciano y su burro.

Ya llegamos, dice el arriero al acabar la travesía. El túnel desemboca en un pueblo en lo alto de la sierra, rodeado por montes y nubes. En su centro se erige la cúpula de una parroquia que roza el cielo, uno tan claro que pienso que es lo más cercano que estaré del Paraíso. Pero mientras nos vamos adentrando en sus calles estrechas, una opresión no deja de hacerme sentir que aquí lo que reina es el desamparo. El anciano me encamina hacia la plaza principal. Sólo tiene un par de bancas de hierro forjado y un descuidado kiosco al centro. Me indica donde podré hospedarme y la calle que debo tomar. Le doy las gracias y le pregunto si no conoce alguna cantina que esté abierta. No sé, hay una pulquería a unas cuadras allá abajo, dice mientras señala una de las calles empedradas. Le vuelvo a dar las gracias y apresuro el paso, con la boca ansiosa por curar la sed. El sol del atardecer arde, su luz naranja se refleja en las fachadas de las casas de piedra. Al refugiarme bajo sus sombras me invade un intenso escalofrío. Entonces vuelvo a ponerme bajo el sol como las lagartijas echadas sobre las piedras del empedrado. En mi camino a la pulquería no me topo con ningún pueblerino, sólo se oye el chiflido que provoca el viento a su paso. Me parece escuchar las risas de varios niños que corren por un callejón, pero al voltear sólo veo la nada: casas corroídas con puertas despostilladas, sin techos ni cristales en las ventanas, con nopales que crecen ahí donde solía vivir gente.

Me apena el atardecer de San Juan. En mi pueblo al menos las tardes se llenan con la música de las rocolas de las cantinas y los niños que juegan futbol en las calles. Nunca creí que sentiría nostalgia por mi pueblo, pero ahora me imagino sus casas, su iglesia, el ahuehuete... Ahorita mismo, como es su costumbre, mi hermana ha de estar haciendo la tarea mientras mamá come a deshoras en una mesa del restaurante; ambas ignorantes de mi paradero, de lo que he vivido. Por desgracia las puertas de la pulquería El Farolito se encuentran cerradas. Lamento la situación sin inquietarme. A diferencia de anoche, no sufro ninguna desesperación al no hallar licor. Está bien, me digo, ya no lo necesito. Pronto estaré curado.

Sobre el monte del oeste ya sólo se asoma la corona del sol. Las sombras crecen y con ellas el frío. Deambulo por las calles de San Juan, con las manos en los bolsillos del pantalón, contando las monedas que hay en ellos; si de pura casualidad encontrara abierto un expendio de mezcal, podría entrar y beberme una sola copa, sin tener que seguir tomando hasta perder la cuenta.

Fatigado de tanto andar por caminos empedrados regreso a la plaza y descanso en una de las bancas herrumbrosas. Una serie de cavilaciones me alcanza y me cubre, como la noche que se cierne sobre el pueblo, trayendo consigo ventarrones gélidos y rumores. ¿Dónde se esconde la gente? ¿Por qué lucen tan desiertas las calles? Yo, que creía conocer la soledad y el abandono, me compadezco de este pueblo sin un atisbo de Dios. Y es en esta ausencia donde mi malestar comienza a disiparse, como si por primera vez sintiera que pertenezco.

Cuando la noche enluta al cielo por completo, y estoy a punto de irme a la casa que indicó el arriero, escucho el eco de unos pasos apresurados. Atravesando la delgada neblina nocturna, tres mujeres envueltas en sus rebozos se desplazan como sombras. Una de ellas, la del semblante más agobiado, lleva a un niño de tez pálida con los brazos caídos. Las demás mujeres los acompañan con lamentos.

Llego a la casa donde se supone que me darán alojamiento. Toco tres veces la puerta agrietada y miro, a través de una ranura, el zaguán. También alcanzo a ver el patio al fondo, iluminado por el claro de luna. Una figura se acerca a la puerta y esta se abre; una anciana con trenzas que le caen hasta la cintura me da las buenas noches. En breve le cuento la situación del autobús y la recomendación del arriero: Me dijo que aquí podía pasar la noche. Ah, con que se encontró con Don Saturnino, dice la anciana, qué suerte. Claro que se puede quedar aquí, pásele. Con las manos juntas, pegadas al vientre, me va encaminando al patio. Me llamo Asunción, me dice, pa servirle a usted. Por aquí. Entramos en una pieza pequeña, alumbrada por unas cuantas velas. ¿Usted tiene hambre?, me pregunta, puedo prepararle algo para que cene. Al escuchar la palabra hambre, el apetito se me despierta. Llevo varios días sin probar bocado, pero ahora, gracias a mi mejoramiento repentino, siento el hueco que hay en mi estómago. Sí, le respondo, por favor. La anciana sonríe y me señala una mesa de madera: Siéntese ahí. Lo bueno que todavía tiene lumbre la leña, dice mientras coloca una cazuela de barro sobre el fuego. Yo espero y observo las paredes de piedra, de las que emana frío.

Sobre la mesa, Asunción coloca un plato de frijoles negros y unas tlayudas blandas. ¿Quiere café?, pregunta mientras sostiene una olla de peltre. No, gracias, le respondo, no suelo tomar café. Ceno con avidez, usando trozos de tlayuda como cuchara. La anciana me mira en silencio y noto en ella algo que me recuerda a mi madre: son sus párpados cansados, hundidos, es la blandura de sus manos. Adivino una enorme soledad que guarda muy en su interior. ¿Vive usted sola?, le pregunto. Sí, responde, mi hermana Nela murió hace unos años, y mi marido recién nos casamos se fue pal otro lado, como todos los hombres de acá, y como todos nunca regresó. Sólo que a mí no me dejó ningún hijo. Animado por lo que percibo como un pasado común, le confieso que también mis padres fueron migrantes. ¿Ah, sí?... ¿No quiere más frijolitos? Mientras me vuelve a servir le pregunto si es por eso que las calles están tan solas. Me dice que en parte sí, pero sobre todo se debe a que, desde hace unos meses, se escucha un llanto en las noches, un llanto estremecedor que lo llena a uno de pesar. Es la Llorona, asegura la anciana, desde que se apareció, los niños y las mujeres preñadas se enferman de peste, muchos muertos, por eso la gente tiene tanto miedo de salir. Se encierran muy bien en sus casas, las madres velan a sus criaturas. Con una gran aflicción, la anciana mira hacia la nada que es el techo y suspira: Dios nos salve.

¿Seguro que no quiere café? No, le respondo y, abrumado por lo que acabo de oír, me atrevo a preguntarle si no tendrá alguna cervecita por ahí. Perdón, joven, pero no, me dice apenada, lo que sí tengo es anís, ¿quiere? Le digo que sí y me trae una botella medio vacía. Me sirve una copa y digo: Con su permiso. Bebo el anís y la impresión que me dejó la historia de la Llorona es consumida por el ardor del alcohol. Señora, digo achispado, creo que ya me retiro a dormir, pero antes me gustaría comprar su botella de anís. Ya casi no tiene, me dice. No importa, le aseguro mientras tiendo un billete sobre la mesa. Asunción me acompaña hasta la puerta de mi habitación y me desea un buen descanso. En el espacioso cuarto sólo hay una cama y un gran tocador de madera. Sobre él hay veladoras e imágenes de santos pegadas sobre la cera. En el espejo del tocador también hay varias estampitas de la virgen y de Jesús. Le doy un trago a la botella y me desvisto. Antes de acostarme, saco la foto de Marcela de mi cartera. ¿Qué estarás tejiendo?, le pregunto. Contemplo las delgadas líneas que traza su sonrisa, reposo mi dedo sobre sus labios y coloco la fotografía frente a una de las veladoras, conteniendo las ganas de persignarme.

Tendido sobre la cama, zambullido en las cobijas, escucho el viento que pasa y que se acumula debajo del techo altísimo, parece como si musitara. También se escucha el canto de los grillos, el ladrido de los perros, y de vez en cuando un llanto. Quizá sea el de un niño moribundo. Me lo imagino rodeado por el frío tremendo de su habitación, velado por su madre... Como si oyera los rezos que le susurran al enfermo, me voy desmoronando en un profundo sopor.

El roce áspero del día me despierta. Al levantarme, noto que mi codo está tiznado; busco en la cama qué pudo mancharme y encuentro una polilla negra del tamaño de mi mano, completamente apachurrada. Asqueado, sacudo las sábanas y me limpio la mancha con unas gotas de anís. Después de vestirme salgo al patio donde sólo se oyen los ventarrones y los graznidos de los cuervos escondidos en el tejado. Bostezo y el cuerpo se me estira. Un agradable pulso me recorre, como cuando tomo las primeras cervezas del día. A la orilla del patio, sentada en una banquita de madera bajo la triste sombra de un cuatecomate seco, la señora Asunción desgrana mazorcas cuyos granos caen en un tenate. Me acerco y le doy los buenos días: Bonita la mañana, ¿no? ¡Joven!, grita sorprendida, qué bueno que al fin se despertó. Estaba preocupada por usté. Extrañado, le pregunto por qué. Pues ayer se durmió el día entero, dice mientras deja su quehacer. ¿En serio? ¡Sí!, le toqué varias veces la puerta, me cuenta apenada, luego entré e intenté despertarlo: ¡Joven, ¡joven!, le grité, pero nomás no abría usté los ojos. La verdad es que lo zarandeé un poco, pensando en alguna desgracia, pero al ver que aún respiraba lo dejé en paz y salí de su habitación. No se preocupe, le aseguro a la señora, hizo bien en tratar de despertarme, uno nunca sabe.

Sí, uno nunca sabe, repite con gran pesar la anciana. ¿Le sucede algo, señora? A mí nada, me dice, pero anoche el nieto de mi comadre murió. Era una pobre criatura de este tamaño, como por aquí de mi cintura. ¿La peste?, le pregunto. Ella sólo asiente moviendo la cabeza.

Pero no hay que hablar de tristezas, me dice, no en este lugar donde tanto abundan. Mejor véngase a la cocina a almorzar. ¿Pues qué hora es?, le pregunto. Ya es el mediodía, responde. En la cocina me vuelve a servir un tazón de frijoles de la olla. Me pide disculpas por no tener otra cosa que ofrecer: Es que no han venido a surtirnos. Dicen que porque andan tapando las carreteras, aunque yo creo que más bien se olvidaron de nosotros. Mientras almuerzo le pregunto a la señora cómo sale uno de este lugar. Pues sólo hay dos salidas, me dice, por la que entró, que es el túnel que está al sur, y por el norte, donde hay un caminito que bordea al monte y baja al desierto. Son las únicas maneras. ¿Y de ahí qué hace uno?, le pregunto. Pues en el desierto, nada, desde que yo era niña cerraron la estación de tren. Ahora si se quiere ir a otro lado es necesario tomar un camión que pasa a las seis de la mañana, ahí donde se encontró con Don Saturnino. Este camión lo deja en Huajuápan y de allí salen camiones a todas partes. Ya veo, le digo a la señora, en ese caso tendré que quedarme una noche más. Quédese el tiempo que quiera, joven, dice Asunción mientras recoge mi tazón sucio, aunque lo mejor sería que nos fuéramos, los que quedamos, en cuanto antes. ¿Pero a dónde?

Esta vez sí le acepto la taza de café de olla, con canela y piloncillo. Al terminar le pregunto a la señora Asunción si sabe de algún lugar donde pueda ir a tomarme una cerveza. No, joven, me responde, como ya no hay hombres se cerraron todas las cantinas. Quedaba una pulquería, pero un día el dueño cruzó el túnel y nunca lo volvimos a ver. Resignado, me acuerdo que aún resta un poco de anís, así que antes de salir voy por él a mi habitación y le aviso a la señora que daré un paseo por el pueblo.

Camino por las calles irregulares de San Juan que suben y bajan. Pienso en el niño muerto y en si aún pasarán los camiones que llevan a Huajuápan. A pesar del descanso que me ha brindado el silencio de la sierra, no dejo de percibir el peligro latente: sin hijos, este pueblo está condenado a desaparecer, por la peste, por el olvido. Mañana podría tomar temprano el camión, irme, pero me iría incompleto, como si dejara algo muy íntimo porque, me doy cuenta, mi vida está ligada a esta tierra, compartimos un destino. ¿A dónde ir? ¿A quién acudir?

Frente a la parroquia me acabo el anís. Una muchacha embarazada, acompañada por dos ancianas, camina pesadamente hacia el templo. Antes de cruzar el umbral se arrodilla y así se arrastra hacia el interior... La iglesia se la traga, eructando el eco de sus ruegos que resuenan desde la bóveda hueca. Vino, lo que hace falta es vino, suficiente vino para al fin poder ver a Dios y reclamarle su ausencia. Para al fin aliviar esta sed.

Dejo la botella vacía sobre una de las bancas de la plaza y sigo caminando hacia el norte, hacia donde surge un rumor como de olas del mar que chocan contra la costa. Avanzo entre un río sonoro que corre por el empedrado. Llego a un precipicio sobre el cual unas nubes flotan hacia la orilla del pueblo, como espuma marina. Revuelve mi cabello el vendaval que proviene del desierto. Una sensación de abandono se apodera de mí al contemplar aquel horizonte, aquella inmensidad que es el cielo y el desierto. De pronto, poseído por el paisaje, me acerco hacia el sendero estrecho que baja al desierto y piso el primer escalón empinado. Son peldaños de piedra resbalosa, lijados por el viento que corta como navaja. A veces pierdo el equilibrio a causa de la fuerza del ventarrón que se estrella contra el monte, pero logro descender el camino pedregoso, acompañado por el sol que chisporrotea su lumbre en el aire, calentándolo. Cuando al fin llego al desierto, el sol agoniza ya sobre los montes, como agonizan mis pies del cansancio. En el cielo crepuscular se distingue una luna fantasmal.

Una gota de sudor cae desde mi frente y desaparece al estrellarse contra el suelo del desierto, un suelo rojizo, cuarteado. Entre las grietas se esconden hormigas que buscan en la profundidad de la tierra un poco de humedad. Y un solitario maguey alza su flor como una mano pidiendo limosna al cielo, pero aquí no llueve ni lloverá.

En la lejanía vislumbro lo que debe ser la antigua estación de tren. Hacia allá me dirijo. Al llegar me rodean casas de adobe derruidas. Cruzo senderos sin pavimento ni empedrado alguno. De entre las casas surge un chiflido, es el viento que entra y sale ahuyentado al ver tanta penuria. A través de las ventanas se distingue el cielo que se abre sobre las habitaciones sin techos. Si las casas tuvieran rostros harían muecas de sufrimiento. Y si tuvieran almas, el chiflido sería la unión de sus plegarias.

Sobre uno de los tramos de la vía férrea que no se halla enterrado se refleja el último rayo del sol. Como si despertara de un sueño me percato de la hora: es necesario regresar a la cima del monte. Apresurado, atravieso el desierto, de regreso a San Juan. En el camino se deja oír un ulular amenazador. Antes de que el sol se sepulte por completo, veo al tecolote que anuncia la noche; entierra sus garras en uno de los brazos de un cactus alto y carcomido.

Del suelo surgen como termiteros tres figuras que me impiden el paso hacia San Juan: son mis atormentadoras, las ancianas de las faldas deshilachadas. A mi corazón, desgastado por tanta desventura, le es imposible reaccionar; sin fuerzas para huir, ¿a dónde huir en el desierto sin refugio?, dejo caer mis brazos, agacho la cabeza como un preso a punto de ser fusilado. Ellas se quedan impasibles, con sus semblantes ensombrecidos por los rebozos.

En eso se oye como si alguien arrastrara sus pasos sobre la tierra. El ruido proviene de detrás de mí; al voltear percibo una serie de luces mortecinas a la distancia, allí donde hasta hace poco yo había estado. Miro a mis atormentadoras y comprendo lo que desean. Custodiado por ellas voy de regreso hacia la estación de tren. Como si con la aparición de la noche hubiera caído del cielo una pizca de vida, débiles llamas arden en el interior de las casas derruidas. Al pasar frente sus umbrales, unos murmullos confusos se cruzan en mi camino. Y, a unos pasos de mí, dos hombres encorvados por no sé qué aflicción, caminan desde distintos puntos hacia la casa que traza un sendero de luz desde su puerta. Es una invitación, y sé que es a esa casa a donde mis atormentadoras quieren que vaya. El estuco de la fachada está todo descarapelado. Arriba de la puerta de madera y del nicho donde reposa una cruz, aún se puede leer unas letras desvanecidas por los días y el polvo: Mi Último Refugio. Por el silencio que me rodea, supongo que no hay nadie adentro, que aquellos hombres que vi sólo fueron ilusiones provocadas por mis atormentadoras; pero al abrir la puerta y entrar, me veo en medio de una cantina llena de borrachos cabizbajos. Una luz muy tenue alumbra la pieza que sólo tiene una docena de mesas de madera. Al fondo se alarga la barra; delante de esta, sentados en una banca, dos músicos ancianos tocan el contrabajo y la guitarra. Con una voz raspada, desgastada por los años, canta uno de ellos en un tono melancólico que hace que brillen tristemente los ojos apocados de los borrachos:

Niña, cuando yo muera,
no llores sobre mi tumba,
cántame un lindo son,
¡ay, mamá!,
cántame la Sandunga...

Y entre aquellos hombres derrotados, anclados en sus sillas por la añoranza, descubro en una de las mesas al hombre responsable de mi desdicha, al hombre responsable de que yo esté aquí: mi padre. La sangre, acostumbrada al enfriamiento que le provoca la soledad, se me calienta. Desde que falleció mi padre he querido sentir algo por él, algo distinto a la culpa que me causó el haberle dejado morir; pero ahora que lo veo sentado frente a una botella, como siempre lo vi en vida, con los ojos extraviados, puedo al fin decir que por él sólo siento lástima.

Ausencio, le digo mientras me acerco y tomo asiento a su mesa, ¿qué haces aquí? No responde, sólo mira hacia uno de los rincones, como queriendo atrapar una mosca con la mirada. Abre la boca de vez en cuando, deja salir un poco de aire, y luego la vuelve a cerrar, mudo. Entonces endereza el cuello y me mira a los ojos, como cuando uno trata de reconocer a alguien del pasado, pero no parece reconocerme y vuelve a mirar hacia el rincón.

Di algo, le exijo, ¿no vas a decir nada? ¿Sabes?, continúo, Marcela me dijo que tu muerte no fue mi culpa... Marcela..., nunca le había hablado de ti, nunca quise que te conociera. Los labios hinchados y rajados de mi padre comienzan a temblar, y como si hubiera hallado lo que buscaba en aquella esquina, habla: Mis padres nunca supieron qué hacer conmigo, tenía siete años cuando me mandaron a vivir a los Estados Unidos: Te vas con tus padrinos, me dijeron, y empacaron mi ropa... Y los labios de mi padre, que vuelven a cerrarse, murmuran: No quiero, mamá, no quiero... De nuevo mira hacia la esquina, callado, perdido entre el recuerdo y el olvido.

Los músicos toman un descanso, sólo se oyen los sollozos de los borrachos que, al igual que mi padre, no han levantado ni una sola vez sus copas desde que entré. Es porque no queremos irnos de aquí, contesta mi padre como si hubiera escuchado mis pensamientos. Mijo, dice cuando al fin parece reconocerme, yo nunca supe qué hacer contigo, te miraba jugar desde lejos, y cuando te abrazaba, huías de mí... Hace un esfuerzo por contener las lágrimas: Arturo, yo amé a tu madre... Rompe en llanto, un llanto como lluvia de verano que cae sobre la tierra agrietada, deshaciéndola en un lodo que corre por las zanjas. Y al verme rodeado por aquel fangal decido que es hora de irme, de regresar a Marcela, mi hogar. Adiós, Ausencio, le digo a mi padre, ya no llores, lloraste toda tu vida y de nada te sirvió.

En eso, al ponerme de pie, una mano desciende sobre mi hombro y una voz bronca me ordena que me siente. ¿A dónde vas?, me pregunta el hombre recién aparecido. Es alto, fornido, con una cicatriz que le corre desde la sien hasta una comisura de los labios, rodeado por un desagradable olor a cigarro. Antes de que pueda contestarle pone sobre la mesa una copa y una botella: Esta es la tuya, me dice. La botella contiene un licor transparente, en cuyo fondo reposa una cola negra de alacrán con el aguijón en la punta.

Yo no pedí ninguna botella, le digo enfadado, ya me iba. Me levanto, pero el hombre me impide el paso. Así que lo miro fijamente y le pido que se aparte. Él sólo sonríe, una sonrisa grotesca que le llega hasta la sien.

Hay lugares donde no conviene hacerse el valiente, me dice con sorna, mejor siéntate y tómate una copita, si es que quieres ir a ver a tu mami... o puedes quedarte el tiempo que quieras, como tu papi a quien hemos cuidado tan bien.

El hombre de la cicatriz sirve mi copa mientras observo a mi padre que tiene los ojos azorados. Muerdo mi puño, tratando de detener el sudor que comienza a mojar mi frente, de calmar los temblores que me ha provocado el olor que emana de la copa llena de mezcal. No quiero volver a tomar, quiero irme, ver a Marcela, regresar a la vida que tuve una vez, como quien regresa de una pesadilla, de un extravío nocturno en una ciudad desconocida. Y aquel hombre que tengo enfrente, el que me llamaba mijo cuando yo era un niño, ¿no hará nada por defenderme? ¿No quiere redimirse dándome la redención? Papá, le suplico, papá, ayúdame, no quiero tomar más. Pero él ya no puede hacer nada; permanece atónito, con la cabeza gacha, avergonzado. Padre, ¿tengo que beber esta copa para salir de aquí? Y mi padre sólo logra balbucir que lo perdone.

Muevo la cabeza negándole el perdón. Es un muerto castrado, como los demás que temen marcharse de este lugar. No soportaría permanecer un instante más en la compañía de estas almas penosas, no tardarían en infectarme con su resignación. Miro la copa amarga, pensando en que si yo fuera mi padre bebería mi copa para poder salir y buscar a mi esposa, como buscaré a Marcela. Me tomo el mezcal de un solo trago. Un escozor inunda mi garganta y mis entrañas, es un fuego que va consumiendo el aire que traigo adentro. Abro la boca con desesperación y trato de engullir el pesado aire del ambiente. Me espanta el quejido ahogado que sale de mí. Los borrachos me miran petrificados, sus rostros desdibujándose. ¡Aire!, carraspeo con dificultad, necesito aire.

Salgo tambaleante de la cantina, sosteniéndome de las paredes de las casas desoladas. Busco aire, pero una ráfaga de viento se lo lleva hacia el desierto. Lo persigo. Mientras más me adentro en el desierto, más oscura se torna la noche. Las débiles velas que iluminaban las casas derruidas se apagan, como también se apagan las estrellas, hasta no quedar ni el destello de la luna. Oscuridad. Frío. Sólo se oye mi respiración entrecortada y mis pasos sobre la tierra. Avanzo lentamente, con cautela, sin saber hacia dónde camino. Los matorrales raspan mis piernas y casi me tropiezo con una piedra. De pronto mi pie se atora en una grieta. Intento sacarlo, pero está bien enterrado. Me agacho para desatarme las agujetas, pero la grieta se abre y me devora.

La boca en la que caigo no es profunda. Antes de que sienta pavor por la caída toco el fondo, sin que se me haya roto hueso alguno. Tampoco es ancha, porque al incorporarme extendiendo los brazos, y me apoyo en las paredes. Salto, trato de alcanzar la superficie. Al verme sumergido en las tinieblas, comienzo a caminar a tientas por la quebrada infestada de telarañas, como ciego sin bastón, buscando por dónde salir. Avanzo hasta que el camino se abre y con los brazos extendidos sólo puedo tocar una de las paredes. Es entonces cuando pienso que este sendero no tendrá fin, y el miedo que se me ha acumulado en el corazón se derrama, convertido en vértigo. Un vaho me embate, un vaho putrefacto que deja un ardor en mi piel. Recorro una eternidad rodeado de ese hedor que carcome, y sollozo sin poder derramar lágrimas. Estoy seco. Desconsolado, a punto de desear la nada, refulge de repente una luz blanca en el cielo negro. Su brillo se hace más intenso mientras recorre el firmamento, permitiéndome distinguir el sendero por el cual he andado: es un desfiladero entre dos montes, atestado de sombras. Las observo y descubro que son moribundos que caminan a mi lado con pasos pesados. Abatidos por el suplicio de su marcha, ni siquiera son capaces de cerrar las bocas por donde emana aquel vaho pestilente en lugar de lamentos. Hombres, niños, mujeres, caminan bajo la luz blanca que cae sobre nosotros, sin levantar la vista, mirando sus pies afligidos, sin esperanza. Un ventarrón afilado nos corta ferozmente, y las pieles de los moribundos se caen en trozos, revelando sus huesos, dejando un rastro de carne. A mí también se me cae la piel, en vano trato de detenerla; cubro las partes descarnadas de mi cuerpo con mis manos, que también se hacen hueso. Hueso sobre hueso. La luz que se cierne sobre nosotros no tarda en asolarnos. Marcela, susurro, Marcela, tengo miedo...

Hechos ya calaveras, entramos en la luz.

Una estrella, un sol, una luz titilante en medio de la oscuridad. La flama de un cirio ilumina el altar y el féretro. Escucho el llanto de mi madre que se filtra por las grietas de la iglesia, ahí mismo por donde se escurre la lluvia como lágrimas. Porque la muerte no destruye la vida, sólo la transforma; aquel que cree en ti, Señor, en verdad que nunca muere…, sentencia el padre con su voz que atraviesa el humo del incienso, buscando al menos un alma que reconfortar. Pero mi madre se retuerce, se sacude; corre tras el féretro, lo abraza, rasguña su madera y cierra sus tristes ojos.

Las campanas repican, sofocadas. De la cúpula cae escombro y las grietas se abren aún más. Mi tío envuelve con su brazo a mi madre y la aparta del féretro, para que algunos hombres que han asistido a la misa puedan llegar a él y subírselo a los hombros.

Afuera el cielo se encuentra ennegrecido, unas densas nubes se ciernen sobre el pueblo, y gruesas gotas caen de ellas. Una tuba resuena al igual que un trueno, y de la iglesia sale la procesión. Esta atraviesa el atrio, pasa bajo el ahuehuete que se ha ensombrecido, muerto. La muralla de cantera que rodea a la parroquia está derruida, como la mayoría de las casas del pueblo. Ladrillos y tejas atestan el camino por donde avanza la procesión encabezada por la banda, seguida por los hombres que cargan el féretro y por mi madre que se arrastra, abraza a mi hermana que trae el rostro hinchado por el desconsuelo. Al final de la hilera, escondidas en sus rebozos, van las mujeres que cargan ramos de nardos y gladiolas.

A veces la procesión tiene que desviar su rumbo, cuando se encuentra con unos socavones que se han llenado de lodo. Estos desvíos no impiden que pase delante de nuestro restaurante, donde cuelga un gran moño negro que parece que aletea y que se irá volando con el viento. Adentro no hay gente, sólo desamparo y polvo.

La procesión recorre el pueblo destruido hasta llegar al panteón: Postraos Donde La Eternidad Empieza, Y Es Polvo La Mundanal Grandeza, se lee sobre el arco de la entrada. Los señores, antes de cruzar el umbral, se quitan el sombrero y se persignan. Las mujeres, al pasar delante de las lápidas deterioradas por el abandono, dejan un rastro de murmullos: santa María, madre de Dios, ruega por nosotros, pecadores, ahora y en la hora de nuestra muerte. Amén. Dios te salve, María, llena eres de gracia...

Un relámpago ilumina de pronto el velo de lluvia y no tarda en escampar. Desde el cielo cae un rayo oblicuo de luz, alumbra el suelo cubierto por flores marchitas de cempasúchil. Sobre ellas pisan los pies cubiertos de fango de unos hombres que hasta hace poco se refugiaban bajo un laurel. Se ponen a escarbar una fosa, lejos de la tumba de mi padre, mientras la procesión se reúne alrededor.

Conforme se va rompiendo la tierra también se rompe el alma de mi madre, aquella alma suya que refulge de dolor, uno tan intenso que seca la humedad de la tierra sobre la cual se ha postrado. ¡Dios nunca muere!, grita uno de sus tíos, y la banda comienza a tocar el vals. Mi madre no lo escucha, está perdida en sus recuerdos. Y yo puedo ver lo que ella ve: recuerda el hospital donde me alumbró, aquel dolor, aquel milagro que fue abrazar a su hijo por primera vez, la carne de su carne, huesos de sus huesos. Ahora no hay más que carne y huesos muertos en ese ataúd que desciende a la oscuridad de la tumba. Cuando el cajón toca el fondo, mi madre le pregunta a Dios por qué la ha asolado con tanto mal, por qué la ha abandonado. Pero ni siquiera yo soy capaz de escuchar una respuesta. Los enterradores tiran sobre el féretro el primer montón de tierra y mi madre desfallece. Una señora corre en su auxilio, moja su rebozo con un poco de mezcal y se lo da a oler para que despierte. No llores, le digo a mi madre en su ensueño, que ya no tengo cuerpo que duela...

Un ventarrón cruza la entrada del camposanto, un viento que atraviesa las lápidas y a los asistentes, revuelve las flores depositadas frente a las tumbas. El viento trae consigo un aroma a rosas, a piel de Marcela. Ella es el viento, el viento que se acumula frente a la tumba que está a punto de cerrarse, el viento que deposita una flor de alcatraz en aquel abismo sepulcral. Se desploma, hunde sus manos blancas en la tierra como si quisiera tocar mi féretro. Y cae en la fosa. Yo trato de alcanzarla, de fundirme con ella... Desde la profundidad surge una nueva luz.

Un desierto aparece ante mí. Allá abajo dos figuras suben por un sendero tortuoso que ladea una montaña. Al acercarme a ellos veo mi cuerpo echado sobre un burro. Y como si despertara, abro los ojos que se ofuscan por la claridad de la mañana. Vuelvo a sentir mi cuerpo adolorido, y la sed que ha agrietado mi lengua como el suelo erosionado de la región. Recostado sobre el lomo de un burro, y acostumbrado ya a la claridad, miro el despeñadero y el desierto que se abre a mi lado. Quiero pasar mis manos sobre mi piel, para asegurarme de que no sea yo una calavera, porque el frío recubre mis huesos como si estuviera descarnado, y sólo logro mover mis dedos. Lanzo un leve quejido al intentar enderezarme, entonces escucho la voz del arriero que se ha percatado de mi repentino avispar: Aguante, ya mero llegamos, me asegura, ya mero...

En nuestra subida a San Juan de las Cruces el sol alcanza el cenit, cubre al cerro con un manto invisible de calor. Esto sólo lo sé porque el arriero se seca la frente a cada rato y se queja de la canícula eterna que los castiga. Yo sólo puedo sufrir los escalofríos que recorren mi piel y el sabor a hierro en mi boca; al toser, mancho de sangre el cuello del burro, una mancha que se hace costra bajo el sol.

Mi enfriamiento se agrava cuando las sombras de tres zopilotes se posan sobre nosotros: ángeles negros que aguardan el desprendimiento de mi alma para llevársela como carroña. Y ahí en el cielo que se torna cada vez más claro, entre las nubes que intensifican su blancura, la dejarán caer después de haberle arrancado sus recuerdos. Es cierto, esto es lo más cercano que estaré del paraíso.

Le digo al arriero que es inútil, que me deje y me tire por el barranco. Él me asegura que es la insolación lo que me hace decir esas cosas. Yo afirmo que no, que es la soledad. Entramos, por medio del camino real, al pueblo.

Sigue igual de abandonado que cuando lo dejé, sólo que ahora percibo claramente las risas infantiles atrapadas en las piedras, y las almas de los niños que se pasean por las calles estrechas. Se reúnen a mi alrededor y me invitan a jugar con ellos. No puedo, les digo, tengo que encontrar a Marcela... ¿Mande?, pregunta el arriero, ya falta poco, ya verá usté que va a ponerse bien.

El arriero toca tres veces la puerta al llegar frente a la casa de la señora Asunción. Cada golpe reverbera en mi cráneo. Uno, dos, tres... y me acuerdo de la noche en que mi madre tocó mi puerta antes de decirme que mi padre había muerto. Uno, dos, tres... y me acuerdo de los golpes que sonaban en mi departamento y la carta de Marcela: Búscame... ¡Señora Chona! ¡Señora Chona!, grita el arriero. Se escuchan unos pies correr descalzos sobre la tierra, el giro de la perilla y los crujidos de las bisagras. Don Saturnino... pero antes de que pueda acabar de hablar, la anciana se percata de mi presencia: ¡Qué le pasó al muchacho! Fui a juntar tunas en la mañana y me lo encontré en el desierto, dice Saturnino mientras arrea al burro hacia el patio, estaba desmayado. Pensé que estaba muerto porque tenía la misma cara que mi madre, que en paz descanse, tuvo el día en que se nos fue. Está enfermo. ¿Tiene fiebre?, pregunta la señora Asunción. No, peor, tiene los escalofríos. La anciana lanza un lamento y el arriero con trabajo me desmonta y me arrastra hacia mi habitación. Tocaron tres veces mi puerta, les digo, búscame... Pobre muchacho, anda alucinando, dice fatigado el arriero.

Me recuestan sobre la cama y me envuelven entre las cobijas, pero no logro deshacerme del frío. Quema, quema mis entrañas y me retuerzo y encorvo hasta que un ataque de tos se apodera de mí y vuelvo a estirar el cuerpo, expulsando sangre y esputo. Una mano áspera y raquítica se posa sobre mi frente. Le ha dado la peste, dice la señora con una voz maternal que se aleja conforme las paredes de la habitación se expanden. La noche no tarda en llegar, y con ella el viento helado que enfría las cobijas empapadas por mi sudor. Don Saturnino, ve por la señora Antolina, ordena la anciana, pero córrele. Luego me dice que esté tranquilo, que irá a la cocina a prepararme algo que me aliviará.

Una bruma asciende desde debajo de mi cama, los rostros de los niños atraviesan las paredes y se escabullen por los recovecos. La anciana no tarda en regresar, abre la puerta y la luz que entra con ella regresa el ambiente de la habitación a la normalidad. Ella se sienta a mi lado y me dice que beba de un tazón: Esto te pondrá mejor, es té de yerbas con hongo para curar el mal de ojo y el susto. Trato de incorporarme y bebo con avidez, aún aquejado por la sed que he sufrido toda mi vida. Lo bebo con la certeza de que será mi viático.

Miro hacia el tocador que se halla delante de la cama, aquel tocador que parece ser más un altar lleno de santos. Unas sombras ondulan sobre el techo a causa de las velas cuyas luces bailan sosegadamente. Reclinada sobre una veladora, la foto de Marcela refulge. Me es imposible levantarme, así que le pido con gran pesar a la anciana, que vela mis últimas horas, que por favor me entregue la fotografía. Se levanta y camina hacia el tocador con pasos cansados. Contempla la foto desgastada a la luz de las velas, aquella luz que brilla débil en sus ojos nebulosos y que ilumina su rostro arrugado de mixteca. Es muy bonita, me dice, ¿quién es? La mujer a quien amo, le respondo, una mujer a quien quisiera volver a ver. De seguro lo hará, me reconforta la anciana, orita nomás que llegue la señora Antolina y ella lo curará. Esta enfermedad sólo mata a los niños y a las embarazadas, usté sobrevivirá... ¿Sobreviviré? No, intento decirle, no sobreviviré, me enterrarán, pero la respiración se me torna dificultosa como si hubiera inhalado la tierra de mi tumba, y un sabor a ceniza recubre mi boca. Mi cuerpo se entumece, lo siento lejano como los estertores que sufre. Percibo cómo mi mano se cierra y arruga la foto de Marcela hasta que pierdo la conciencia.

¿Es esto la realidad o sólo un mal sueño?, me pregunta un pensamiento mío. Quizá sea la muerte, le respondo. Un bisbiseo interrumpe la conversación y despierto. Las dos figuras a mi lado son como quimeras. Ya despertó, dice una de las presencias rodeada por humo de copal. Comencemos, dice la otra. Ambas, con esfuerzo, logran acomodar mi espalda sobre la cabecera de la cama y luego me destapan para desvestirme. Esta es la señora Antolina, dice Asunción mientras señala a una pequeña anciana de cabellos largos, tiesos y canosos; ella te va curar.

Aparece un huevo blanco entre los dedos esqueléticos de la señora Antolina, un huevo cuya cáscara comienza a recorrer mi cuerpo desnudo. Recuerdo la vez que viajé a Oaxaca de niño y me enfermé, cómo mi abuela me metió en una tina grande llena de agua para luego hacer lo mismo que ahora hace la señora. Decía que al frotar un huevo sobre el cuerpo y después verter su interior en un vaso se puede saber si uno está enfermo o no, y de qué, pero yo nunca logré ver nada. Siento al huevo deslizarse sobre mi piel empapada de sudor, cómo poco a poco va helándose al absorber el frío de mi cuerpo.

Al finalizar la frotación, la señora Antolina rompe la cáscara y vierte los contenidos en un vaso. Un olor repugnante, a animal putrefacto, suplanta al aroma del copal. La señora Asunción hace una mueca de asco y se cubre la nariz con un pañuelo. Dentro del vaso hay un líquido opaco y viscoso en cuyo fondo yace una bola cetrina con coágulos rojos. ¿Qué tiene? ¿Qué tiene?, pregunta Asunción. Antolina observa el vaso, concentrada: Será mejor que salga, le avisa a Asunción, será mejor que salga y no vuelva a acercarse hasta que acabe la limpia. Asunción agacha la cabeza y me mira con piedad antes de salir.

Has visto a la muerte, ¿verdad?, me dice Antolina. Aquí los niños la ven y se los lleva, hasta a los que aún no nacen, y sus madres van a verme y me suplican que los salve, pero no hay nada que yo pueda hacer por ellos, ni por ti…, es el fin de los tiempos, afirma resignada, pero nací para curar y eso es lo que intentaré. Quisiera poder decirle que aunque yo no deseo morir, ella tiene razón; no tiene sentido que me haga una limpia, que mejor vaya a atender a los otros enfermos; pero mis pulmones están inundados por el líquido viscoso que salió del huevo y me ahogo.

La anciana ordena su material de curación en el suelo y comienza la limpia. Destapa una botellita de alcohol etílico y lo sorbe para luego escupirme en la cara, así, repetidas veces. Gracias a esta acción el aire llega con más facilidad a mis pulmones, pero me asusto al ver la boca abierta sin dientes de la anciana. Aun así, chupo mis labios tratando de beber tan siquiera un poco del alcohol asperjado para aliviar los dolores. Después agarra el brasero de barro verde donde arde el copal, me lo pasa por encima, cubriéndome de humo. Vuelve a colocar el brasero en el piso y recolecta una serie de yerbas: romero, pirul y ruda. Forma un ramo con ellas y, con violencia, la anciana me azota con él; tengo que cerrar los ojos para que las yerbas no los lastimen. Es una flagelación que dura una eternidad, hasta que mi piel queda enrojecida, cubierta por heridas.

La habitación de pronto se ensombrece y agrava las facciones de la anciana: sus arrugas se hunden y sus pómulos se tornan más cadavéricos. Antes de cerrar los ojos me parece verla mirarme con unas pupilas dilatadas, profundas como una fosa, amenazantes. Me sonríe, mostrándome sus encías grisáceas: Es el fin de los tiempos, susurra entre risas horripilantes.

Un caudal de voces corre desde mi alma y rompe mis

tejidos, palabras que me recriminan y exigen que retorne a mi antigua vida. Qué más quisiera yo, les digo, qué más quisiera que despertar y encontrarme recostado sobre el cuerpo de Marcela. Pero al abrir los ojos me encuentro en medio de una habitación oscura, solitaria. La curandera ha desaparecido. Tocan tres veces la puerta y con los golpes queda entornada. Una luz clara, lunar, entra desde la abertura, trazando una delgada línea que me señala. Lentamente, con crujidos, la puerta astillada se abre más. Cuando al fin lo hace por completo una sombra me observa desde el umbral. Las últimas fuerzas que le restan a mi vida se concentran en un nudo de terror: pienso que es la muerte que ha venido por mí. La sombra, etérea, flota hacia mi lecho, cierra la puerta tras de sí. Las luces de las veladoras iluminan su figura, revelan un cuerpo femenino con la cabeza envuelta en un rebozo. Se sienta en la vieja silla de madera donde hace unas horas se sentaba la señora Asunción. Sin dirigirme una sola palabra la mujer se descubre el rostro. Un entumecimiento recorre mi cuerpo, mitiga el dolor de mi pecho; lo provoca la perplejidad que siento al ver aquellos ojos que me miran con reproche, cual si fueran los ojos de mi propio pasado que acude a mi lecho de muerte para reprenderme. En medio de la amplia habitación, el rostro níveo de Marcela resplandece.

No dice nada. Marcela, pronuncio con esfuerzo, viniste... El silencio sigue reinando. Un temblor se apodera de mis extremidades mientras intento en vano levantarme de la cama. Marcela, leí tu carta y te busqué, le digo a pesar de que cada palabra pronunciada me resta aliento, siempre te estuve buscando, y cuando te conocí supe que debía quererte... Yo sólo deseaba quererte... Me duele el pecho, Marcela, creo que mi corazón se está desangrando, por eso toso tanta sangre. Dicen que una peste ha invadido al pueblo, será mejor que te regreses pronto... Marcela, perdóname, arrugué tu foto. Por favor diles que me entierren con ella, allá abajo hace mucho frío y uno va olvidándose de lo que fue... Marcela, si pudiera seguir viviendo te llevaría a la playa... Marcela...

Pero ya no puedo continuar, lo único que sale de mi boca es un aire árido, silencioso. Marcela no responde, no se inmuta, sólo me mira con esos ojos que son dos mares cuyas aguas se han apaciguado. De pronto se levanta y se desplaza hacia el tocador. Mirando de frente a los numerosos santos, comienza a desvestirse: es el rebozo lo que cae primero a sus pies, luego, lentamente, se desliza el vestido, revelando su blanca piel, su cuerpo sinuoso que es como una flama titilante. Con un soplo apaga las veladoras y sólo queda ella, observándome, sus senos desnudos reluciendo en la penumbra.

Camina hacia mi lecho, alza las cobijas y se mete debajo. Permanece igual de callada, mira hacia el techo. Su aroma a rosas penetra por mi olfato hasta que llega a mi alma y la impregna con el perfume de su piel. En el silencio sepulcral de la habitación resuenan los latidos de su corazón. Deseo tocarla, cubrir su seno con mi mano, y sentir cada uno de sus latidos mientras los míos se extinguen. Cuando me atrevo a estirar mi mano para rozarla, ella la toma y la lleva hacia su vientre cálido. Bésame, me pide. Y yo me acerco y pego mi boca reseca en sus labios llenos de vida. Y por un instante olvido mi sed. Deseo que se prolongue el beso, que pueda aferrarme a él y seguir viviendo, pero ella aparta mi rostro con delicadeza y me mira como solía hacerlo, escrutando mi alma. Arturo, susurra, nos vamos a destejer... Entonces mi mano, que acariciaba su vientre, toca el colchón, y Marcela se deshace en una neblina negra que crece, abarcando primero el lado derecho de la cama, sumergiéndolo en la oscuridad.

Trato de alejarme de la mancha, arrinconándome al borde de la cama hasta que caigo. Me cuesta un tremendo esfuerzo ponerme de pie, mis piernas no responden y el haber dejado así la cama me produce un mareo. En el suelo descubro los materiales de la curandera: las yerbas, el vaso con el huevo podrido, la botella de alcohol etílico... Alcanzo la botella y me la empino desesperado. El fuego arrasa con mis labios, lengua, garganta y entrañas; su furor escapa por medio de mi nariz, quemando los vellos. La poca vida que me repone el trago la uso para levantarme y huir de la habitación.

Afuera en el patio no encuentro a nadie, ni a la señora Asunción, ni al arriero, ni a la curandera. Los busco en los corredores y las piezas, pero nada. La oscuridad devoró ya la habitación en la que reposaba y amenaza con hacerle lo mismo a la casa. Así que salgo a la calle, y al llegar a la plaza me topo con decenas de mujeres en prendas deshilachadas que contemplan cómo desaparece la casa de la señora Asunción. Entre sus brazos cargan a sus hijos enflaquecidos. ¡Ayúdenme!, les grito, pero no responden. Parecen figuras de barro negro, impasibles ante el terremoto que comienza a estremecer la tierra. Me alejo de las mujeres y atravieso la noche muerta. Sobre las calles empedradas y los árboles desolados se manifiestan las voces de los niños, me preguntan si ahora sí podré jugar con ellos. Sus sombras se desplazan junto al viento, me persiguen, eclipsan a la enorme luna blanca. La mancha negra que crece detrás de mí devora las casas de piedra, la parroquia y a la misma luna. Toco los portones, quiero advertir a los pobladores, pero las casas han sido abandonadas desde hace tiempo.

Resignado, corro hacia el túnel por el que entré al pueblo. Es igual de oscuro o más que la propia neblina que está a punto de alcanzarme. Entro y avanzo a tientas. Camino en su oscuridad, sin saber si mis pies aún tocan el suelo. Sin saber si aún vivo.

Antonio Vásquez nació en Tucson, Arizona, en 1988. Es narrador y estudió el diplomado en formación literaria en la Escuela Mexicana de Escritores. Su obra ha sido incluida en las antologías *Cartografía de la literatura oaxaqueña actual II* (Almadía, 2012) y *Después del viento, trece homenajes a Jesús Gardea* (2015). *Ausencio* recibió el Premio Bellas Artes Juan Rulfo para Primera Novela 2017.

Títulos en Narrativa

EL VÉRTIGO HORIZONTAL
LA CASA PIERDE
EL APOCALIPSIS (TODO INCLUIDO)
¿HAY VIDA EN LA TIERRA?
LOS CULPABLES
LLAMADAS DE ÁMSTERDAM
Juan Villoro

LAS TRES ESTACIONES
BANGLADESH, OTRA VEZ
Eric Nepomuceno

PÁJAROS EN LA BOCA Y OTROS CUENTOS
DISTANCIA DE RESCATE
Samanta Schweblin

TIEMBLA
Diego Fonseca (editor)

LA INVENCIÓN DE UN DIARIO
Tedi López Mills

INFRAMUNDO
LA OCTAVA PLAGA
TODA LA SANGRE
CARNE DE ATAÚD
MAR NEGRO
DEMONIA
LOS NIÑOS DE PAJA
Bernardo Esquinca

EN EL CUERPO UNA VOZ
Maximiliano Barrientos

PLANETARIO
Mauricio Molina

OBRA NEGRA
Gilma Luque
LOBO
LA SONÁMBULA
TRAS LAS HUELLAS DE MI OLVIDO
Bibiana Camacho
EL LIBRO MAYOR DE LOS NEGROS
Lawrence Hill
NUESTRO MUNDO MUERTO
Liliana Colanzi
IMPOSIBLE SALIR DE LA TIERRA
Alejandra Costamagna
LA COMPOSICIÓN DE LA SAL
Magela Baudoin
JUNTOS Y SOLOS
Alberto Fuguet
LOS QUE HABLAN
CIUDAD TOMADA
Mauricio Montiel Figueiras
LA INVENCIÓN DE UN DIARIO
Tedi López Mills
FRIQUIS
LATINAS CANDENTES 6
RELATO DEL SUICIDA
DESPUÉS DEL DERRUMBE
Fernando Lobo
EMMA
EL TIEMPO APREMIA
POESÍA ERAS TÚ
Francisco Hinojosa

NÍNIVE
Henrietta Rose-Innes

OREJA ROJA
Éric Chevillard

AL FINAL DEL VACÍO
POR AMOR AL DÓLAR
REVÓLVER DE OJOS AMARILLOS
CUARTOS PARA GENTE SOLA
J. M. Servín

LOS ÚLTIMOS HIJOS
EL CANTANTE DE MUERTOS
Antonio Ramos Revillas

LA TRISTEZA EXTRAORDINARIA
DEL LEOPARDO DE LAS NIEVES
Joca Reiners Terron

ONE HIT WONDER
Joselo Rangel

MARIENBAD ELÉCTRICO
Enrique Vila-Matas

CONJUNTO VACÍO
Verónica Gerber Bicecci

LOS TRANSPARENTES
BUENOS DÍAS, CAMARADAS
Ondjaki

PUERTA AL INFIERNO
Stefan Kiesbye

EL HOMBRE NACIDO EN DANZIG
MARIANA CONSTRICTOR
¿TE VERÉ EN EL DESAYUNO?
Guillermo Fadanelli

BARROCO TROPICAL
José Eduardo Agualusa

25 MINUTOS EN EL FUTURO.
NUEVA CIENCIA FICCIÓN NORTEAMERICANA
Pepe Rojo y Bernardo Fernández, *Bef*

EL FIN DE LA LECTURA
Andrés Neuman

APRENDER A REZAR EN LA ERA DE LA TÉCNICA
CANCIONES MEXICANAS
EL BARRIO Y LOS SEÑORES
JERUSALÉN
HISTORIAS FALSAS
AGUA, PERRO, CABALLO, CABEZA
Gonçalo M. Tavares

CIUDAD FANTASMA. RELATO FANÁSTICO
DE LA CIUDAD DE MÉXICO (XIX-XXI) I Y II
Bernardo Esquinca y Vicente Quirarte

JUÁREZ WHISKEY
César Silva Márquez

TIERRAS INSÓLITAS
Luis Jorge Boone

CARTOGRAFÍA DE LA LITERATURA
OAXAQUEÑA ACTUAL I Y II
VV. AA.

Títulos en Crónica

PALMERAS DE LA BRISA RÁPIDA
Juan Villoro

AMIGAS
Sergio González Rodríguez

PROCESOS DE LA NOCHE
Diana del Ángel

OAXACA SITIADA
CONTRA ESTADOS UNIDOS
Diego Osorno

LLEGAR AL MAR
SOLSTICIO DE INFARTO
Jorge F. Hernández

MIGRAÑA EN RACIMOS
Francisco Hinojosa

LOS PLACERES Y LOS DÍAS
Alma Guillermoprieto

LOS ÁNGELES DE LUPE PINTOR
Alberto Salcedo Ramos

MEMORIA POR CORRESPONDENCIA
Emma Reyes

D.F. CONFIDENCIAL
J. M. Servín

TODA UNA VIDA ESTARÍA CONMIGO
VIAJE AL CENTRO DE MI TIERRA
Guillermo Sheridan

DÍAS CONTADOS
Fabrizio Mejía Madrid

AUSENCIO

de Antonio Vásquez
se terminó de
imprimir
y encuadernar
en septiembre de 2018,
en los talleres
de Litográfica Ingramex,
Centeno 162-1,
Colonia Granjas Esmeralda,
Delegación Iztapalapa,
Ciudad de México.

Para su composición tipográfica se emplearon las familias Bell Centennial y
Steelfish de 11:14, 37:37 y 30:30. El diseño es de Alejandro Magallanes.
El cuidado de la edición estuvo a cargo de Karina Simpson.
La impresión de los interiores se realizó sobre papel Cultural de 75 gramos.
El tiraje consta de 2000 ejemplares.